별을 보내다

10대 미혼모들의 이야기

별을 보내다

청소년과 부모들이 함께 읽어야 할 성교육 지침서

대한사회복지회 엮음

리즈앤북
ries & book

초등학교 때 시험지를 받으면 ○× 문제와 더불어 빠지지 않고 나오던 것이 줄긋기 문제였습니다.

'왼쪽에 있는 것들과 오른쪽에 있는 것들 중에서 관계가 있는 것을 찾아 줄을 그으시오.'

그러면 왼쪽에 있는 '강아지, 해바라기, 돌멩이' 같은 항목과 오른쪽에 있는 '동물, 식물, 광물' 중에서 마땅한 것들을 골라 이어주어야 했지요. 어느 때는 왼쪽에는 열 개쯤 되는 항목이 있고, 오른쪽에는 세 개밖에 안 되는 항목이 있어서 마치 TV의 데이트 프로그램에서 인기 있는 한 여자 앞에 '사랑의 화살표'가 서너 개 모여 있는 것처럼 복잡한 모양이 나오기도 했습니다.

아직 어린 친구들이 제대로 못하는 것이 바로 이 줄긋기입니다.

'키스, 성관계, 동거' 같은 항목은 '짜릿함, 행복' 같은 내용하고만 연결되는 것이 아니라, '임신, 출산, 불행' 같은 내용과도 연결되어 있다는 것을 생각지 않습니다. 더욱이 "에이, 설마 나한테 그런 일이 생기겠어?"라는 근거 없는 낙관론을 펴기도 합니다.

이 책에서 만나게 되는 많은 소녀들은 그런 실수를 고백하고 있습니다. 좋아하는 사람과 솔직한 성관계를 가졌다는 실수를 말하는 게 아닙니다. 그 사소한 행동 하나가 몰고 올 수 있는 폭풍 같은 결과들에 대해 무심했던 것이 실수라고 말하고 있습니다. 그리고 아무도 그들에게 가르쳐주지 않았던 냉혹한 현실들에 대해 증언하고 있습니다.

임신이라는 말에 연락을 끊고 전화번호를 바꿔버린 남자친구, 큰 맘 먹고 찾아간 산부인과에서 몹쓸 아이 취급을 받으며 당한 수모, 손 잡아줄 사람 하나 없이 쓸쓸히 겪어야 했던 출산의 고통, 내 배로 낳은 천사 같은 아이를 떠나보내야 하는 슬픔, 잡지에 나온 아기들 사진만 봐도 눈물이 핑 도는 오랜 동안의 상처, 그리고 이 모든 것을 아무에게도 말할 수 없다는 외로움까지….

이런 끔찍한 항목들이 '단 한 번의 잠자리'와도 줄긋기가 될 수 있다는 사실을 우리에게 가르쳐주고 있습니다.

엄마이면서 엄마라는 이름을 포기해야 했던, 아직 엄마라고 불리기에는 어린 친구들…. 그들이 생명을 잉태하면서 그 소중함을 알아가는 과정은, 바로 많은 회한과 슬픔 끝에 얻은 선택의 과정이라고 할 수 있습니다.

　스스럼없이 낙태를 생각하는 친구들이나 한때의 쾌락을 위해 혹
은 미래에 대한 준비가 전혀 되어 있지 않은 상태에서 엄마가 되어
야 할 친구들을 위해 이 책을 엮었습니다.

　우리의 미래인 청소년들이 자신의 행동과 결과에 책임질 줄 알
고, 인간 경시 풍조에 물들지 않고 서로를 존중하며 살아나가는 행
복한 사회의 주역이 되기를 간절히 바랍니다.

대한사회복지회

어제로 배우는 오늘

내일의 태양 속으로

소리 죽여 우는 꽃

엄마, 여기 분만실이야

겨울

"오늘도 안 와? 아주 거기서 살 작정이야?"

"며칠 있을 거라고 했잖아. 겨우 이틀밖에 안 됐는데…."

"다 큰 계집애들이 제집 놔두고 그게 무슨 짓이야? 아무리 친구라고 해도 남의 집에 너무 오래 폐 끼치면 못써, 얼른 와!"

"안 돼. 친구들이랑 약속한 거란 말야. 나 혼자 못 빠져."

"공부도 유난스럽게들 한다. 그렇게 합숙까지 하니 전교 1등 나오겠네. 아무튼 대충 하고 일찍 와."

"알았어, 엄마."

"끊어."

"엄마!"

"왜?"

"엄마…."

"그래, 말해. 무슨 일인데?"

"아니, 그냥…."

"싱겁기는, 암튼 이번엔 진짜 성적 올려야 해. 그 조건으로 보내준 거니까. 알지?"

"응, 알아…."

"밥 잘 챙겨먹고!"

"…."

"여보세요, 여보세요? 민지야, 왜 대답이 없어?"

"응…. 알았어, 엄마."

"그래, 엄마 손님 오셨다. 끊는다."

'엄마… 미안해….'

보람이네 집에서 시험공부를 한다며 짐 싸들고 나온 것이 이틀 전. 아무것도 모르는 엄마는 그렇게 오늘도 전화를 했다.

'엄마, 거짓말해서 미안해…. 나 보람이네 있는 거 아니야. 여기 병원이야, 산부인과. 아기 낳으러 왔어. 엄마, 나 무서워….'

지난여름

여름이 막 지나갈 무렵이었다. 모처럼 목욕탕에 갔던 나는 옆자리에 있던 할머니 등을 밀어드렸다. 다 밀고 나자, 할머니는 괜찮다는데도 굳이 내 등을 밀어주셨다. 그러면서 뜻밖의 말을 건넸다.

"아유, 피부나 얼굴 보면 꼭 학생 같은디, 결혼을 일찍 했나 벼?"

"네? 저 학생 맞아요. 결혼이라니요?"

그러자 할머니는 깜짝 놀라 내 얼굴과 몸을 다시 훑어보며 말했다.

"결혼 안 했어? 애 밴 거 아니여?"

"어머, 할머니… 무슨 말씀이세요. 살쪄서 그래요."

"아이고, 미안해서 어쩌나. 근디 배가 꼭 임산부 같은디…."

나는 민망하기도 하고 불쾌하기도 해서 서둘러 목욕탕을 빠져나왔다. 그런데 왠지 뒤통수가 따끔거렸다. '정말 나한테 무슨 일이 있는 건 아니겠지?'

벌써 몇 달째 생리가 없었다. 게다가 요즘 부쩍 살이 쪄서 교복단추가 뜯어져 나갈 지경이었다. 보람이는 넌지시 나에게 물어보기까지 했다.

"너 요즘 생리는 하니? 설마… 임신하진 않았겠지? 그때 오빠랑 그 일…."

"아니야, 그 다음에 생리했다 그랬잖아. 그리고 겨우 그거 가지고 무슨 임신이야. 못살아, 내가 무슨 말을 못한다니까. 다신

비밀 얘기 하나 봐라."

나는 그렇게 화를 내며 홱 돌아섰지만, 마음속 깊이 곳에 감추어두었던 불안감이 고개를 내밀었다. '정말 임신이면 어쩌지?'

지난봄

그 일이 있었던 것은 지난봄이었다. 친구 보람이가 아는 오빠들이랑 엠티를 가자고 했다. 그중 한 오빠가 유학을 간다고 해서 환송회를 해주는 거라고 했다. 우리는 대천 바닷가로 향했다.

우리보다 한 살 위였던 오빠들은 재미있고 친절했다. 자리가 자리니만큼 날이 어두워지기 전부터 술자리가 시작되더니, 밤이 깊었을 즈음에는 다들 엉망으로 취해버렸다. 마실 줄도 모르는 소주를 넙죽넙죽 받아 마셨던 나는 언제 쓰러졌는지도 모르게 잠이 들었다. 일어나 보니 밤은 깊었고, 오빠들은 물론 보람이까지 다들 널브러져 자고 있었다. 화장실 생각에 잠이 깬 나는 부스스 일어나 밖으로 나갔다.

화장실 때문에 밖으로 나가는 게 좀 귀찮다 싶었는데, 막상 텁텁한 방안 공기에서 벗어나 찬 공기를 마시니 기분이 상쾌했다. 바닷가라 그런지 하늘의 별도 더 밝게 빛나는 것 같았다. 그래도 불빛 하나 새어나오는 곳 없는 사방은 어두웠고, 화장실 앞 등불만이 희미하게 주위를 비추고 있었다. '보람이를 깨울 걸 그랬나?' 조금 으스스한 기분이 들었지만, 뭐 별일 있겠나 싶은 마음에 볼일을 보고 나왔다. 삐걱거리는 문을 확 열어젖히다가 나는 너무 놀라 소리를 지를 뻔했다. 문 앞에 뭔가 서 있었다. '귀… 귀신?'

다행히 문 앞에 우뚝 서 있던 그림자는 귀신이 아니라 며칠 후 유학을 떠난다는 주인공이었다. 내 옆에 앉아 내내 농담을 주고받던 그 오빠였다. '아, 오빠구나, 식겁했네.' 귀신이 아니라는 걸 확인하고 조금 안심하는 순간, 나는 다시 어둠 속에 묻혔다. 오빠가 나를 와락 껴안는 게 아닌가. 그리고 잠시 후 내 입술에 촉촉한 오빠의 입술이 닿았다.

술이 번쩍 깼다. 조금 전까지 몽롱하던 머릿속은 찬물을 뒤집어쓴 것처럼 초롱초롱해졌다. 나는 오빠를 밀어내지 않았다. 생각지도 못했던 일이었지만, 어쩐 일인지 나는 그 상황을 아무런 거부감 없이 받아들이고 있었다. 그런데 오빠는 그것으로 멈추지 않았다. 나를 어둠 속으로 끌고 가더니 오래오래 키스를 했다.

남자랑 처음 키스를 해본 것은 중학교 3학년 때였다. 그때 잠깐 만나던 남자친구와 공원 가로등 아래에서 첫 키스를 했다. 어두운 공원으로 들어갈 때부터 나는 뭔지 모를 분위기를 감지하고 마음의 준비를 했지만, 막상 그 순간이 왔을 때는 무지무지 떨렸다. 하지만 한편으로는 조금 시시하다는 생각도 들었다.

그런데 지금 이 기분은 그때와 달랐다. 술기운 때문일까? 이러면 안 되는데 싶은 생각이 들었지만, 나는 오빠를 뿌리치지 못했다. 잠시 후 오빠의 손은 내 몸을 더듬었고 속옷까지 벗겨 내렸다. 밀쳐내려고 했지만, 오빠의 손은 꼼짝도 하지 않았다. 그렇게 나는 첫 경험을 했다.

이튿날 우리는 집으로 돌아왔고, 하루 뒤 나는 그 오빠를 다시 만났다. 오빠는 다음 날 캐나다로 떠난다고 했다. 내 손을 꼭 잡으며 그날은 미안했다고, 하지만 영원히 잊지 못할 거라고 했다. 또 여름방학 때 돌아올 테니 그때 다시 만나자는 말도 했다. 이메일을 주고받다 보면 시간도 금방 갈 거라고 했다. 서로의 이메일 주소를 꼼꼼히 주고받은 우리는 그날 밤도 같이 보냈다.

하지만 그게 전부였다.

그날 이후 이상한 낌새를 눈치 챈 보람이가 하도 캐묻는 바람에 난 그날 밤의 이야기를 털어놓고 말았다. 보람이는 호들갑스럽게 축하의 인사를 건넸다. 그쪽으로는 보람이가 나보다 선배였다. 그런 보람이가 느닷없는 질문을 했다.

"근데, 그거 썼어? 피임은 어떻게 했어?"

"쓰긴 뭘 써. 갑자기 그렇게 된 건데…."

"너 그러다 재수 없으면 임신할 수도 있어. 괜히 나한테 병원 같이 가달라고나 하지 마."

"야, 무슨 그런 소릴 하고 그래. 그럴 리 없어."

"너도 참 속 편한 소리 한다. 네가 몰라서 그렇지, 임신하는 애들이 얼마나 많은데. 우리 중학교 때 합창단 지휘하던 휘경이 언니 알지? 그 언니가 고등학교 다니다가 퇴학당했잖아. 그게 다 임신한 거 들통나서 그런 거야."

"뭐? 그 언니 반장까지 했잖아. 범생이 아니었어?"

"공부랑 그거랑 뭔 상관이냐? 그럴 수도 있지. 암튼 서울대까지 갈 거라 했는데 인생 망쳤지 뭐. 또 내 친구네 학교에선 어떤 애가 남자랑 딱 한 번 잤는데 임신하는 바람에, 학교도 못 다니고 가출해서 방황하다 창녀촌까지 갔다고 하더라."

"어떻게 그럴 수가 있어? 딱 한 번 하고도 임신이 되나?"

"그럼, 그걸 누가 알겠어. 재수 없으면 그럴 수도 있는 거지. 그러니까 조심하라는 거야."

"너, 나 겁주는 거야 뭐야. 그런 일 없을 거야. 몰라, 무서우니까 그만 얘기해!"

"그래, 괜찮겠지, 괜찮을 거야. 그래도 너 혹시 모르니까, 생리 안 하면 바로 나한테 얘기하기다. 괜히 시간 지나면 더 나쁜

일 생긴단 말이야. 어떤 애는 7개월이 되도록 임신한 것도 몰랐다가 낙태했는데, 그게 원래 그렇게 시간이 지나면 못하는 거라더라. 할 수 없이 몰래 해주는 불법시술소에서 했는데, 그게 잘못돼서 식물인간이 됐다는 거야."

"야, 무서워, 그만해! 나 어떻게… 빨리 생리나 했으면 좋겠다, 빨리…."

그날 이후 난 생리하는 날만 손꼽아 기다렸다. 다행히 일주일도 안 돼 기다리던 생리가 나왔다. 매번 지겹기만 하던 생리가 그토록 반갑기는 처음이었다. 다른 때보다 유난히 짧게 끝나긴 했지만, 워낙 기간도 짧고 불규칙한 편이어서 난 아무 의심도 하지 않았다. 그저 생리를 했다는 반가움에 안도의 한숨만 내쉬었다.

한참을 지나서야 나는 그것이 생리가 아니었음을 알게 되었다. 산부인과 의사에게 들은 얘기로는, 수정란이 자궁에 착상될 때 피가 나올 수도 있는데 그걸 '착상혈'이라고 한다. 내가 생리로 알았던 그 반가운 피는 착상혈이었던 것이다. 하지만 그 후 7개월 동안이나 난 그것을 생리라고 철석같이 믿고 있었다. 일말의 의심도 없이….

다시 지난여름

임신의 공포에서 벗어난 나는 편안한 시간을 보내고 있었다. 그사이 점점 살이 찌고 배가 나왔지만, 임신에 대한 생각은 눈곱만큼도 해보지 않았다. 그러나 목욕탕에서 만난 할머니의 말을 듣고 다시 두려움이 몰려왔다.

나는 보람이를 붙잡고 도움을 청했다. 아무래도 병원에 가봐야 할 것 같았다. 임신진단시약을 써볼 수도 있었지만, 나는 병원으로 바로 가기로 했다. 확실히 알고 싶었던 것이다.

수업이 끝난 후 우리는 버스를 타고 시내 쪽으로 나가서 산부인과를 찾았다. 평소에는 그토록 많이 보이던 산부인과도 일부러 찾으려고 하니 잘 보이지 않았다. 더구나 큰길가에 있는 것보다 눈에 잘 안 띄는 곳을 찾으려니 더 힘들었다. 그러다 한곳을 찾아 들어섰다. 마침 의사 이름이 여자인 것 같아서 다행이다 싶었다. 후미진 곳이라 그런지 대기실에 손님도 없었다.

쭈뼛거리며 진료를 신청하는데, 간호사가 우리를 위아래로 훑어보았다. 결코 친절한 눈빛은 아니었다. 우리는 죄지은 사람처럼 구석자리에 조용히 앉아 있었다. 잠시 후 이름이 불리자, 침을 꿀꺽 삼키고 진찰실 안으로 들어섰는데, 뜻밖에도 나이 많은 남자 의사였다. 마음이 더 얼어붙었다.

생긴 것도 깐깐한 그 의사는 앞에 앉은 나를 노려보며 이것저것 퉁명스럽게 질문을 던졌다. 학생이 어떻게 이런 일로 올수 있냐는 듯한 말투는 나를 더 죄인으로 몰고 갔다. 눈물이 나올 것 같았다. 시키는 대로 이것저것 검사를 받은 뒤 다시 진찰실에 앉았을 때였다. 뭔가를 한참 들여다보던 의사는 혀를 끌끌 차며 말했다.

"진짜 몰랐던 거야?"

"네?"

"벌써 임신 7개월이야."

"네? 생리도 했었는데….."

"아니, 생리랑 그냥 피 나오는 거랑 구분도 못해? 더구나 이 정도면 뱃속에서 발길질도 할 텐데, 정말 몰랐어?"

"몰랐어요. 그냥 장이 좀 꿈틀꿈틀하긴 했는데….."

"으이그… 애가 움직이는지 장이 꿈틀대는지도 모르는 것들이 무슨…. 이마에 피도 안 말라 가지고 이게 무슨 짓이야? 7개월이면 뗄 수도 없어. 12월이면 애가 나오는데… 어쩔 거야? 키울 거야? 애 아빠는 어딨어?"

아무 말도 할 수가 없었다. 안 그래도 무서워 죽겠는데, 윽박지르는 의사 앞에서 우리는 그냥 죄인처럼 앉아만 있었다. 여러 이야기를 들었지만, 눈앞이 깜깜하기만 했다. 병원을 빠져나온 나는 보람이한테 안겨 울고, 울고, 또 울었다. 보람이도 같이 울었다. 그냥 눈물이 나왔다. 서럽고 억울하고 슬프기만 했다. 어쩌다 나한테 이런 일이 일어난 걸까….

겨울

그래도 보람이 같은 친구가 옆에 있다는 게 얼마나 다행인지 모른다. 보람이는 튀어나온 배를 꽁꽁 싸맬 복대를 구해다 주었고, 아기 낳는 것을 도와주는 기관도 찾아주었다. 아무에게도 이야기하지 못하는 나를 위해 보람이는 모든 걸 도와주었다. 우리는 조마조마한 마음으로 시간을 보내야 했고, 다행이 아무도 눈치 채지 못한 채 아기 낳을 날이 다가왔다.

매일 메일을 보내겠다던 캐나다의 오빠와는 연락이 끊긴 지 오래였다. 오빠의 아기를 가졌다는 사실을 알리고 싶지도 않았지만, 알릴 방법도 없었다. 내 뱃속의 아기는 그 누구의 축복도 받지 못한 채 태어날 준비를 하고 있었다. 내 신세가 너무도 처량해서 밤마다 베개를 적셨다.

시간이 다가올수록 점점 더 겁이 났다. 알아보니, 유도분만이라는 것을 하면 하루이틀 만에 아기를 낳고 올 수도 있다고 했다. 내가 택할 수 있는 길을 그것밖에 없었다. 나는 보람이네 집에서 친구들과 며칠 동안 시험공부를 하기로 했다며 짐을 꾸려 집을 나왔다. 엄마랑 얼굴을 마주치면 눈물이 나올 것 같아서 일부러 엄마가 가게에 있는 사이 나와버렸다.

차가운 병원 침대에 누웠다. 이제 정말 아기를 낳는 것이다. 배가 아프고 식은땀이 흘렀다. 엄마 생각이 났다. 엄마도 이렇게 나를 낳았겠지? 그때 마침 엄마에게서 전화가 왔다. 텔레파시라도 통했던 것일까? 거짓말을 늘어놓으며 통화를 하고 나니 또다시 눈물이 흘렀다. 엄마, 미안해….

난 그렇게 아기를 낳았다. 가장 사랑하는 엄마를 속인 채….

그리고 내 안에서 열 달을 함께 보낸 천사 같은 아기는 내 품을 떠났다.

사랑하는 사람, 사랑해야 할 사람에게 그렇게 빚을 진 것이다. 이걸 어떻게 갚을 수 있을까.

모든 것을 잊고 싶다. 아무 일도 없었던 것처럼, 지난여름 이전의 나로·돌아가고 싶다. 물론 내 바람은 이루어지지 않겠지. 그래도 다만 한 가지, 이제 다시는 바보 같은 실수를 하지 않을 것이다. 다시는 누군가의 마음에 빚을 지는 일은 하지 않을 것이다. 그것만이 사랑하는 엄마와 떠나보낸 아기에게 빚을 갚는 일이라는 것을 잘 알기 때문이다,

난 이제 내일을 준비한다. 다가올 내 앞날에 책임을 질 수 있는 당당한 내일을!

• 글쓴이 | 정민지(고2)

우리 아기, 키우게 해주세요

"진석아, 이것 좀 봐. 이거 나 갓난아기 때 사진인데, 얘랑 똑같지, 그치? 그치?"

"애기가 다 똑같지 뭐."

"아냐, 잘 봐. 눈매가 똑같잖아. 표정까지 똑같다니까?"

"눈감고 있으니까 똑같지. 그리고 뱃속에 있는 사진으로 어떻게 알아?"

"너, 질투하는 거지? 너 안 닮고 나 닮았다고. 어유, 쫌생이."

"너 말 조심해. 애가 다 듣는다. 태교한다더니 애 아빠한테 쫌생이가 뭐냐, 쫌생이가? 그게 태교냐?"

"어머, 나 좀 봐. 취소, 취소! 아가야, 못 들은 걸로 해라. 미안."

"근데, 너… 그럼 안 되지 않냐? 정들면 어쩌려고…."

"어떻게 정이 안 들 수가 있어. 열 달이나 내 뱃속에서 나랑 같이 지내는데….”

이쯤에서 진석이는 슬며시 밖으로 나간다. 보나마나 담벼락에서 담배를 한 대 피워 물 것이다. 착하게도 임신 사실을 알고 나서는 내 앞에서 절대 담배연기를 뿜어대지 않는다. 저도 아기가 걱정은 되나 보다.

요즘 진석이는 갑자기 어른이 된 것 같다. PC방에 틀어박혀 있는 대신 아르바이트를 구하러 다닌다. 컴퓨터 앞에 앉아서도 게임은 안 하고 다른 고민만 하나 보다. 가끔 임신이나 아기에 관한 정보를 뽑아다가 툭 건네주기도 한다. 나한테 놀자고 칭얼대던 모습은 온데간데없고, 어느새 의젓한 가장이 된 것 같다.

한 아기의 아빠가 된다는 것이 진석이를 그렇게 변하게 했나 보다. 하지만 아이들처럼 장난치기 좋아하던 진석이가 고개를 숙이고 한숨을 쉬거나 가끔 멍하니 하늘을 바라보는 모습은 정말 싫다.

'진석아, 기운 내. 네 잘못만은 아니잖아.'

며칠 전 병원에서 초음파사진이라는 것을 찍었다. 그 사진을 나는 손에서 내려놓을 수가 없다. 어쩜 이렇게 신기할 수 있을까. 과학이라는 게, 기술의 발달이라는 게 정말 멋지고 좋은 것이라고 새삼 느꼈다. 어떻게 뱃속에 있는 아기의 얼굴을 사진으로 찍을 수 있는가 말이다.

눈, 코, 입, 손까지… 완벽한 인간의 형상을 한 이 아기가 내 뱃속에 있다는 사실이 도무지 믿기지 않았다. 배가 점점 불러오는 것을 보면서도 '그냥 살이 찌는 게 아닐까?' 싶었는데, 이렇게 확실한 증거가 있으니 이젠 믿지 않을 수가 없었다. 더구나 초음파 검사를 하면서 콩닥콩닥 뛰고 있는 아기의 심장까지 내 눈으로 직접 봤으니 말이다.

놀랍게도 아기는 내 어릴 적 모습이랑 똑같이 생겼다. 백일도 안 된 내가 엄마 품에 안겨 하품을 하고 있는 빛바랜 사진을 옆에 대놓고 보니, 두툼한 눈꺼풀이랑 동그란 코랑 뾰족한 입술까지 꼭 빼닮았다. 우리가 헤어져 먼 훗날 다시 만나게 되더라도 금세 알아볼 수 있을 것 같았다. 이렇게 똑같이 생긴 엄마와 아기인데, 더구나 열 달 동안 한 몸으로 살아갈 텐데 어떻게 잊을 수 있을까.

배에 가만히 손을 대본다. 바가지를 엎어놓은 것처럼 불룩 튀어나온 배 위에는 이제 까만 선까지 생겼다. 이걸 '임신선'이라고 한다고 했다. 오늘은 웬일로 발길질이 없다. 어제 너무 야단을 쳤나? 발길질이 너무 심해 밤에 자다가 깬 적이 한두 번이 아니었다. 어젯밤에도 너무 아파서 아기한테 그만 좀 하라고 잔소리를 했는데, 얘가 주눅이 들어버렸나? 아니면 지금 잠자고 있는 걸까?

다시 사진을 들여다본다. 사진 속의 아가는 두 눈을 감은 채양 주먹을 꼭 쥐고 있다. 한 손은 이마 쪽에 대고 있다. 자기가무슨 로댕의 '생각하는 사람'이라도 되는 줄 아나? 자식, 심각하게 무슨 고민이라도 하는 것 같다. 어쩌면 아가는 진짜로 고민을 하고 있는지도 모르겠다.

'아, 내 인생은 앞으로 어떻게 펼쳐질까. 나는 왜 이렇게 철부지 부모 밑에서 생겨나 다른 집에 입양을 가야 되는 걸까. 내팔자는 태어나기 전부터 왜 이 모양일까. 내 부모라는 사람들은 왜 이렇게 골칫덩이일까. 아이고 머리야…' 하고 말이다.

미안하다, 아가야.

하지만 초음파사진을 찍고 나서 제일 먼저 머릿속에 떠오른생각은 내 결정이 옳았다는 것이다. 낙태를 안 한 것이 얼마나다행인가. 사실 그때는 아기를 걱정했다기보다 수술을 받는 것이 너무나 무서워서 미뤘던 것뿐이었다. 겁 많은 내 성격이 이렇게 도움이 될 줄이야. 만약 내가 수술대 위에 올라가기라도했다면 이렇게 예쁜 우리 아가는 지금 이 세상에 없을 것이 아닌가. 말도 안 된다. 아마 하나님이 아기를 지켜주신 모양이다. 이 세상에 꼭 태어나야 할 존재라고 말이다.

뱃속에 여덟 달이 된 아기를 담고 있는 나는 이제 겨우 열일곱 살. 엄마가 되기에는 너무 어린 나이라는 걸 나도 잘 안다. 하지만 그렇게 되고 말았다. 아기 아빠인 내 남자친구 진석이도 열일곱 살이다. 나보다 두 달 더 많이 살았지만, 역시 아빠가 되기에는 너무 어린 나이다. 우린 지금 고등학생이다. 학교도 더 다녀야 하고, 아기를 키울 만한 경제력도 없다. 게다가 우리 아이를 축복하고 돌봐줘야 할 부모님에겐 아직 알리지도 못하고 있는 형편이다.

해가 바뀌었다. 내 나이는 열여덟이 되었고, 열일곱에서 열여덟이 되는 사이, 내 인생에서 잊지 못할 큰일들이 있었다. 나는 아기 엄마가 되었다.

부모님도 모르게 아기를 낳아야 하는 형편이었기 때문에, 우리는 도움 받을 수 있는 곳을 물색했다. 그러다 대한사회복지회를 알게 됐다. 출산도 도와주고 아기의 입양까지 책임진다고 했다. 출산 전에 한두 달 묵을 수 있는 숙소도 있었다. 나는 짐을 싸서 그곳으로 들어갔다.

이상한 일이었다. 그동안 복대만으로도 대충 가려졌던 배가 만삭이 돼가면서 갑자기 솥단지처럼 부풀어 올랐다. 잘못하다가는 엄마한테 들킬 것 같아 집에 있는 시간을 최대한 줄이면서 엄마 눈을 피해 왔지만, 하루하루가 불안했다. 차라리 나와 있는 게 마음 편할 것 같아서 서울에 있는 친구 집에 간다며 짐을 싸들고 나온 것이다.

쉼터에 온 후부터는 잠도 잘 자고 밥도 잘 먹었다. 그곳에 있는 사람들은 어차피 모두 같은 처지다 보니, 누구의 눈치도 볼 필요가 없어 마음이 편했다. 얼마 남지 않았지만 아기를 위해 좋은 음악도 듣고 책도 읽어주며 태교도 열심히 했다. 보통은 아기를 낳은 다음에 입양이 결정된다는데, 우리 아기는 일찌감치 입양 갈 집이 정해졌다.

결혼한 지 9년이나 됐는데 아기가 없는 집이라고 했다. '가임신'이라는 걸 해서 아기를 데려간다고 했다. '가임신'은 말 그대로 가짜로 임신하는 것을 말한다. 입양할 부부가 진짜 아기를 밴 것처럼 가장을 한다는 것이다. 개월 수에 따라 가짜로 배를 부풀리다 출산예정일이 되면 병원에 아기 낳으러 가는 것처럼 하고 이곳에 와서 갓 낳은 아기를 데려간다고 했다. 주변에서는 감쪽같이 친자식으로 알게 되는 것이다. 요즘은 주위에다 알리고 입양하는 경우도 많지만, 아직도 친자식인 양 몰래 입양하는 사람들도 많은 모양이다.

아무튼 이런 경우는 미리 날짜를 맞춰야 하는 건 물론이고, 혈액형까지 맞춰서 아기를 구해 놓아야 한다. 쉼터에 들어와 있는 미혼모 중에 입양을 시킬 의사가 있는 사람들이 그 대상이 됐는데, 마침 나와 진석이의 혈액형이 그 부부의 혈액형이랑 똑같았고 출산예정일도 비슷했다. 사회복지사 선생님이 나에 대해서 뭐라고 얘기했는지, 그 부부는 아주 마음에 들어 한다고 했다. 그분들은 나에게 고맙다며, 아기와 나를 위해 매일 기도한다고 했다.

그분들은 독실한 기독교 신자라고 했다. 나는 어렸을 때 딱한 번 교회에 간 적이 있다. 그것도 크리스마스 때 과자를 준다고 해서 친구를 따라갔을 뿐이다. 교회와는 상관도 없이 자란 내가 성경책을 샀다. 우리 아기는 앞으로 기도와 찬송 속에서 자라게 될 테니, 뱃속에서부터 익숙하게 해주고 싶었다. 매일 성경책을 조금씩 읽었다. 그리고 나도 매일 밤 우리 아기와 아기를 데려갈 양부모님을 위해 기도했다. 무책임하게 지냈던 나의 과거도 용서해 달라고 기도했고, 아무것도 모르는 우리 부모님을 위해서도 기도했다.

그렇게 새해가 밝았다. 1월, 나는 3.2킬로그램의 건강한 남자아이를 낳았다. 상상했던 것보다 훨씬 더 지독한 고통이었지만, 아기의 얼굴을 보는 순간 모든 아픔은 정말 거짓말처럼 잊혀졌다. 차라리 죽는 게 낫겠다 싶을 정도로 아팠는데, 아기를 가슴에 안는 순간 아무 생각도 나지 않았다. 나는 세상에 태어나 처음 맛보는 행복을 느꼈다. 내 아기….

그런데 갑자기 내 마음이 흔들렸다. 천사 같은 아기를 품에 안는 순간, 이 아기와 절대 떨어질 수 없다는 생각이 들었다.

모르겠다. 왜 그런 기분이 들었는지…. 아기를 낳기 전에도 내가 직접 기를 수 없는 처지가 슬프기는 했다. 진석이와 내가 좀 더 능력이 있어서 아기를 키울 수 있다면 얼마나 좋을까 하는 생각도 해봤다. 하지만 입양은 정해진 사실이었고, 난 거기에 따라 준비를 해왔던 것 아닌가.

그런데 아기를 안아들고 아기의 숨소리를 듣고 아기의 보드라운 피부를 만지는 순간, 모든 생각은 바뀌고 말았다. '이 아기는 내 아기야. 아무한테도 줄 수 없어!'라고 소리치고만 싶었다. 아기를 데려가려는 선생님을 붙잡고 나는 있는 힘껏 외쳤다.

"선생님, 우리 아가는 제가 키울게요. 우리 아기, 키우게 해주세요."

옆에 있던 진석이는 당황해서 아무 말도 못하고 있었다. 하지만 사회복지사 선생님은 당황하지 않고 날 따뜻하게 다독여주었다. 이런 일이 종종 있다며, 열 달 동안 뱃속에 길러온 모성은 어쩔 수 없을 때가 있다고 했다. 그리고는 좀 더 신중히 생각해 보라는 말도 덧붙였다.

하지만 아무리 생각해 봐도 내 생각은 바뀌지 않았다. 나도 모를 용기가 생겼다. 우리 아기를 위해서라면 어떤 고생이라도 참아낼 수 있을 것 같았다. 진석이도 그런 내 생각에 동의를 해주었다. 학교 따윈 그만두면 돼…. 둘이 일자리를 찾으면 아기를 키울 수도 있을 것 같았다. 그래도 당분간은 우리 힘만으로는 어려우니 염치없지만 도움을 청해야 할 것 같았다.

진석이가 엄마를 모셔왔다. 병실에 들어서면서도 믿을 수 없다는 표정이던 엄마는 나를 보자마자 눈물을 펑펑 쏟아냈다.

"왜 진작 말 안 했어, 이것아, 왜? 혼자서 그 아픈 걸 어떻게 참았어…."

"엄마, 미안해…."

엄마와 나는 한참을 울었다. 엄마는 기운을 잃어 침대에서 링거까지 맞았다. 얼마나 놀라셨을까, 너무도 죄송했다.

그래도 엄마는 내게 배신감보다는 측은함이 앞서는 모양이다. 어린 것이 얼마나 힘들었겠냐며, 좀처럼 눈물을 거두지 못했다. 이것이 모성인가? 난 그런 엄마의 모습에 가슴이 더 아팠다.

엄마는 선뜻 아기 키우는 것을 도와주겠다고 말했다. 조금 일찍 결혼시킨다고 생각하면 된다고 했다. 집에 들어와 사는 것은 주위의 눈도 있고 해서 어려울 테니, 우선 작은 방을 하나 구해 둘이 살면서 아기를 키우기로 했다. 진석이는 그새 아르바이트 자리를 구해 놓았고, 보증금 200만 원에 월세 15만 원 하는 방도 알아놓았다고 했다. 이제 보증금만 구하면 되었다.

보증금은 아빠한테 말해 보기로 했다. 진석이네 집은 형편이 어려워 도움을 청할 처지가 못 되었다. 진석이는 내내 미안해

했지만, 엄마는 아빠한테 잘 말해 보자며 용기를 주었다.

그러는 동안 사회복지회 사무실에서도 소동이 있었다.

갑자기 내가 마음을 바꾸는 바람에 가임신을 했던 양부모님의 처지가 매우 난처해졌고, 사무실 분들도 어찌해야 좋을지 몰라 난감했던 것이다. 양부모님은 친척들한테 아기 낳으러 간 것으로 돼 있기 때문에, 어쨌든 아기를 데려가지 않으면 안 되는 상황이었다.

그때 마침 쉼터에 입소해 있던 친구들 중 한 명이 내가 아기를 낳던 날 같이 아기를 낳았고, 다행히 혈액형까지 그분들과 맞아서 그 친구의 아기를 대신 입양할 수 있었다고 한다.

양부모님은 많이 섭섭했을 것이다. 그동안 우리 아기를 위해서 내내 기도해 주었던 분들인데, 죄송해서 뭐라 할 말이 없었다. 나도 양부모님에게 전해 달라고 아기의 초음파 사진과 아기에게 쓴 편지까지 사회복지사 선생님에게 맡겨 놓았었는데….

하지만 어떤 비난을 받더라도 난 아기를 포기할 수가 없었다. 이 아기는 내 아기니까!

그런데 문제는 그때부터였다. 뒤늦게 엄마를 통해 사실을 알게 된 아빠가 사회복지회 사무실로 쳐들어온 것이다. 엄마가 설득하려 했지만, 아빠는 이성을 잃고 엄마에게 손찌검까지 했다고 한다.

"어처구니가 없구만. 아니, 애가 애를 낳아? 이년이 제정신이야?"

이미 아빠 눈에는 아무것도 보이지 않는 것 같았다. 아빠는 내 어깨를 마구 흔들며 사무실이 떠나갈 듯 소리를 질렀다. 쨍그랑. 말리는 선생님들의 손길을 뿌리친 아빠의 손에 걸려 애꿎은 물병만 바닥에 떨어져 나뒹굴었다. 사무실 분들이 아니었다면 나도 아빠 손에 맞아 저 물병처럼 바닥에 나뒹굴었을지 모른다.

누구도 아빠를 말릴 수 없었다. 아빠는 그 자리에서 친권포기서에 서명을 하고야 말았다. 그리고 나는 아빠 손에 이끌려 그곳을 빠져나왔다. 우리 아기에게 마지막 인사도 남기지 못한 채….

그리고 다음 날, 나는 서울의 고모 집으로 가야 했다. 진석이마저 나에게서 떼어놓으려는 계산이었다. 아빠는 매일같이 고모 집으로 전화해 나를 확인했고, 나는 우리 아기를 부르며 흐느껴야만 했다.

원망이 가슴 밑바닥에서부터 솟아올랐다. 왜 나를 믿어주지 못하는 걸까. 뼈가 저리도록 서운하고 서러웠다. 물론 나는 아빠가 자랑스러워할 만큼 똑똑하거나 잘난 딸은 못 되었다. 공부도 못했고, 언제나 실수투성이에 자꾸 엇나가기만 했다. 하지만 나도 한 번쯤은 잘해 보고 싶은 마음이 있었다. 언젠가는 자랑스러운 딸이 되고 싶었다. 그리고 아직 기회는 남아 있다고 생각했다. 나는 이제 겨우 열여덟 살인데….

결혼도 안 한 10대의 딸이 아기를 낳았다는 건 분명 아빠에게는 용납이 안 될 만큼 큰 잘못일 게다. 얼굴을 들 수 없을 만큼 죄송하다. 하지만 한 번만 나를 믿어준다면 내 힘으로 당당하게 살아가는 모습을 보여주고 싶었는데, 왜 그 기회마저 빼앗아버리는 걸까. 나에게 팔다리가 잘리는 것 같은 아픔을 주면서까지 말이다. 진석아, 아가야, 날 좀 도와주렴….

정신을 잃을 만큼 울고 또 울었다. 아무것도 먹지 않고 죽기를 기다리기도 했다. 하지만 달라지는 것은 아무것도 없었다. 시간만 흘러갔다. 그러면서 나는 나 자신을 돌아보게 됐다.

'내가 그동안 해왔던 행동들 때문에 신뢰를 잃은 거야. 자기 앞가림도 못하는 내게 아기까지 맡길 수 없는 것이 부모 마음이겠지….' 하는 소리가 내 가슴 저 밑바닥에서 들려왔다.

이를 악물었다. 아무 죄 없이 버림받은 우리 아가, 내 욕심 때문에 좋은 가정에 입양될 기회마저 놓쳐 버린 불쌍한 우리 아가… 너를 위해서라도 나는 당당히 세상을 헤쳐 나갈 거야. 언젠가 네 앞에 서는 날, 이 모든 잘못을 빌 수 있는 그날, 부끄럽지 않은 모습으로 네 앞에 나타나기 위해서라도….

수화기를 들었다. 귀에 익은 사회복지사 선생님의 음성이 들렸다.

"선생님, 우리 아가 잘 있죠? 아프지는 않나요? 우유는 잘 먹어요? 선생님들 힘들게 보채지는 않나요? 선생님, 우리 아기 좋은 집에 보내주세요. 다시는 버림받지 않을 좋은 분들한테요. 부탁드려요."

• 글쓴이 | 조은하(고2)

화장실에서 태어난 아기

누군가 비디오를 튼다. 사회복지사 선생님이 어제 가져온 비디오다. TV 방송에서 미혼모에 대해 다룬 내용이라고 했다.

TV 앞에 아이들이 몇 명 앉아 있다. 소파에 비스듬히 기대어 있기도 하고, 바닥에 깔린 요에 누워 있기도 하고… 모두들 내 또래인 10대들이다. 염색에 브릿지를 한 친구도 있고, 머리를 뒤로 질끈 묶은 친구도 있다. 생김새는 제각각이지만, 하나같이 펑퍼짐한 추리닝 밑으로 불룩한 배들을 감추고 있다. 그 모습이 참 슬프다.

나는 비디오를 별로 보고 싶지 않아 슬그머니 자리에서 일어났다. 문을 나서는데 식사와 뒤치다꺼리를 도맡아 해주는 고모님이 마침 주방에서 나오며 사과 접시 두 개를 건넨다.

"이것들 먹으면서 보라 그래. 귤도 줄까?"

할 수 없이 다시 방으로 들어가 접시를 아이들 앞에 내려놓
으려는데, 화면 위에 떠오른 장면과 TV 소리가 내 눈과 귀를
붙잡았다.

화면에는 나도 아는 사회복지사 선생님들의 모습이 보인다.
차를 타고 어딘가로 급히 이동 중이다. 취재진이 어디를 가느
냐고 묻자, 선생님들은 산모가 여관방에서 혼자 아기를 낳았다
는 연락을 받고 가는 거라고 말한다.

가슴이 철렁 내려앉는다. 어디선가 또 불행한 영혼이 눈물을
흘리고 있구나…. 접시를 내려놓고 나는 가만히 뒤편에 가 앉
았다.

화면 속의 선생님들은 아기랑 산모가 어제부터 아무것도 안
먹은 상태라며 기저귀, 물티슈, 아기 옷, 먹을 것들을 챙겨 간다
고 한다. 가슴이 서늘하게 아파왔다.

다음 장면은 햇빛도 잘 들지 않는 컴컴한 여관방. 카메라가
비추는 목욕탕 구석에는 출산의 흔적들이 담긴 까만 비닐봉지
가 놓여 있다. 태반이랑 탯줄, 피 묻은 휴지들이 들어 있을 커
다랗고 초라한 봉지….

스물두 살의 미혼모가 욕조 안에서 전날 밤 혼자 아기를 낳았
다고 한다. 얼굴을 비추지는 않았지만, 방 안에 앉아 있는 그 여
자는 떨리는 목소리로 아기 탯줄도 아직 못 잘랐다고 말했다.

"자르려는데 안 잘려서… 저기 있던 면도기로 조금 자르긴 했는데…."

소독도 되지 않은 면도기로 아기 탯줄을 자르려 했던 모양이다. 파상풍에 걸릴 수도 있기 때문에 선생님들은 산모와 아기를 급히 병원으로 옮겼다.

잠시 후 화면 위로 흐르는 성우 목소리는 차분하게 결과를 말해 주었다. 다행히 아기는 파상풍에 걸리지 않았고, 산모 역시 뱃속에 태반이 남아 있어 생명이 위태로울 뻔했지만, 그나마 일찍 손을 쓴 덕분에 두 생명을 구했다고….

머리가 아팠다. 나는 슬며시 건넌방으로 와서 숨기라도 하려는 듯 이불 속에 들어갔다. 눈물이 나왔다. 이제는 더 이상 울지 않으려 했는데, 속절없이 눈물이 또 흐른다. 누가 저 여자의 마음을 알 수 있을까. 다들 손가락질만 하겠지? 아마 나도 그랬을 것이다, 열 달 전만 하더라도…. 그런데 지금은 그럴 수가 없다. 지우고 싶어도 영영 지울 수 없는 끔찍한 순간이 나에게도 있었으니까.

나는 그날 대학로에 있었다.

아침에 일어나 보니 속옷에 피가 묻어 있었다. 기분이 나빴다. 몇 달 동안이나 없던 생리가 이제야 나온 것도 아닐 테고,

뱃속의 아기가 잘못됐나 하는 생각에 잠깐 섬뜩한 기분도 들었다. 설마… 그렇게 죽으라고 해도 멀쩡히 꿈틀대던 아기가 이제 와서 잘못될 리 없지. 꼭 생리를 하는 것처럼 허리도 조금 아팠다. 나는 하루쯤 쉬었으면 좋겠다는 생각을 하면서도 무거운 몸을 이끌고 편의점으로 아르바이트를 하러 나갔다.

편의점에서도 배는 여전히 아팠다. 배탈이 났나 싶어 화장실에도 가봤지만, 그건 아닌 것 같았다. 대신 점심 때 먹은 김밥을 다 토해 버렸다. 속이 안 좋았다. 서 있는 것도 유난히 힘들어 자꾸 의자에 앉게 됐다.

아침부터 아프던 배는 점점 더 통증이 심해졌다. 오후쯤 되니 식은땀이 흘렀다. 손바닥이 축축하게 젖을 정도였다. 주인 아저씨가 그런 나를 보더니, 몸이 안 좋은 것 같은데 힘들면 일찍 들어가라고 했다. 그게 좋을 것 같았다. 도저히 견딜 수가 없었다.

조퇴를 하고 지하철을 타러 나섰다. 힘들게 계단을 내려가 지하철에 올라탔는데, 그제야 갑자기 이상한 생각이 들었다. '혹시 아기가 나오려는 게 아닐까?' 배도 유난히 무겁게 내려와 있는 걸 보면 분명히 보통 때와 달랐다. 정말 아기가 금방이라도 나올 것 같았다. 그런 생각이 들자 몸이 부들부들 떨렸다. 겁이 났다. 머리가 어질어질했다. 나는 다음 역에서 황급히 내렸다.

배는 견딜 수 없이 아파왔다. 뭘 어떻게 해야 좋을지 알 수가 없었다. 병원에 가야 하나? 하지만 돈이 없었다. 일단 지하철 화장실에 들어가 봤다. 학교 화장실에서 아기를 낳았다는 뉴스 속 얘기들이 머릿속에 떠올랐던 것이다. 하지만 사람들이 너무 많았다.

다시 밖으로 나왔다. 지하도를 나와 여기저기 헤매고 다녔다. 어딘가 들어가야 하는데…. 그런 생각을 하고 있을 때 갑자기 밑에서 오줌처럼 물이 흘렀다. 어떡해…. 누가 보기라도 했을까 봐 얼른 뒤를 돌아보았지만, 골목 안이라 사람은 없었다. 나는 근처에 있는 큰 건물로 들어갔다. 극장이 있는 건물이었는데, 오늘은 공연이 없는지 사람이 뜸했다.

화장실로 들어갔다. 맨 마지막 칸으로 들어가 문을 꼭 잠갔다. 변기 위에 앉았다. 온몸이 땀으로 축축이 젖었다. 피와 물로 범벅이 되어 젖어 있는 팬티를 벗어 내렸다. 배는 견딜 수 없을 만큼 아팠다. 이를 악물었다. 몸이 부들부들 떨렸다. 이게 꿈이었으면, 꿈이었으면…. 영화에서 본 출산 장면들이 떠올랐다. 어느 코미디에선가 "힘줘, 힘줘!" 하고 말하던 할머니 소리도 생각났다. 일부러 힘을 주려 하지 않아도 저절로 아래에 힘이 들어갔다. 아파, 아파….

누구든 옆에 있었으면 좋겠다. 이럴 때 어떻게 해야 하는지 가르쳐주고 '힘줘, 힘줘' 응원해 주는 사람이라도 있었으면 참 좋겠다. 기억에도 가물거리는 엄마 얼굴을 떠올려봤다. 엄마….
엄마가 날 낳을 때도 이렇게 아팠겠지? 엄마가 하늘나라에서 이 모습을 보면 얼마나 슬퍼하실까.

슬펐다, 너무너무 슬펐다. 아파서 죽을 것 같고, 슬퍼서 죽을 것 같고, 무서워서 죽어버릴 것만 같았다. 지금 이 차가운 화장실에서 혼자 땀범벅이 돼 아기를 낳고 있는 내 신세가 너무도 처량했다. 차라리 죽어버렸으면, 지금 이대로 죽어버렸으면 좋겠다.

아… 눈앞이 노랗게 되도록 아픈데, 난 소리를 지를 수도 없다. 어금니를 꽉 물었지만 신음소리가 나도 모르게 새어나온다. 아… 뭔가 나오려는 느낌이 든다. 아기가 나오나 보다, 아기가….

그때 밖에서 발자국 소리가 났다. 그러더니 잠시 후 똑똑 문을 두드린다. 겨우 손을 뻗어 똑똑 두드려줬다. 뭐라고 묻는 소리가 들린다. 무슨 일이 있냐고 묻는 것 같다. 내려다보니 바닥에 핏물이 흥건하다. 핏물은 화장실 문 밖으로까지 흘러나가 있다. 모르겠다, 아무것도 모르겠다. 머릿속이 텅 빈 것 같다. 배가 아프다, 너무 아프다, 더 이상 참을 수가 없다. 내 입에선 대답 대신 신음소리가 나왔다. 또, 또, 뭔가 쑥 내 밑으로 빠져나오고 있었다. 엄마, 엄마, 엄… 마… 응애….

그 다음은 그저 멍할 뿐이다. 기억도 희미하다. 사람들 소리가 웅성웅성 들렸고, 문이 열렸고… 내가 열어줬던가? 변기 옆에 쭈그려 누운 내 밑에 아기가 있었다. 빨간 피와 얼룩덜룩한 하얀 것들로 뒤덮인 쭈글쭈글한 아기가 주먹을 꼭 쥔 채 울고 있었다. 너였구나, 너였구나….

아기와 나는 병원으로 옮겨졌다. 난 정신을 잠깐 잃었던 것 같다. 팔에 주사바늘을 꽂고 병실에 누워 있을 때 사회복지사라는 여자 두 분이 찾아왔다. 그분들의 도움으로 나는 미혼모의 집에 오게 됐다.

이곳에는 아직 아기를 낳지 않은 배불뚝이 10대 미혼모부터 나처럼 아기를 낳고 산후조리 하는 어린 엄마들까지…. 누구한테 알릴 수도 없고, 도움을 청할 사람도 없는 외로운 아이들이 모여 있었다. 그래도 바보같이 나처럼 길에서 낳지 않고, 일찌감치 도움을 청해 병원에서 아기를 낳았거나 낳을 사람이다.

나도 이곳에서 처음으로 귀한 산모 대접을 받아보았다. 매 끼니 따끈한 미역국을 끓여주고, 뜨끈뜨끈한 방에서 편히 누워만 지낼 수 있게 보살펴준다. 내 몸 생각해 주는 충고도 많이 들었다. 고모님은 아기 낳고 몸에 바람 들면 평생 고생한다며 양말은 꼬박꼬박 신으라고 했다. 또 발에 열난다고 벽에 발바닥 대는 일은 절대 하지 말라는 충고도 했다. 딱딱한 것들은 이 나빠지니 먹지 말라며 마치 친엄마처럼 일일이 몸 걱정을 해준다.

하루 종일 방 안에서 빈둥거리는 것도 얼마 만인지 모르겠다. 내가 유일하게 기댈 수 있던 할머니마저 건강이 나빠진 후로는 아르바이트를 놓을 수가 없었다. 약값이 아까워 병원에도 못 가고 버티는 우리 할머니…. 며느리는 다섯 살짜리 손녀를 맡겨놓고 일찌감치 저 세상으로 가버리고, 아들은 어디서 뭘 하는지 집을 나가 소식도 없고… 우리 할머니 인생도 너무나 안쓰럽다. 거기다 키워준 보람도 없이 하나뿐인 손녀는 이렇게 사고만 치고 있으니…. 할머니가 누워 있을 때마다 숨 쉬나 안 쉬나 걱정스럽게 손을 대보곤 했다. 잠든 할머니 얼굴을 내려다보며 내가 얼른 돈 벌어서 호강시키겠노라고 몇 번이나 속으로 다짐했었는데….

난 늘 아빠를 원망하며 살았다. 아빠를 다시 만나게 되면, 나를 왜 낳았느냐고 물어보려고 했다. 자기가 책임지지도 못하고 팽개쳐둘 거라면 왜 낳았느냐고…. 그런데 이제는 그 말도 할 수가 없게 됐다. 핏덩이인 내 아기를 버리고서 내가 아빠에게 무슨 말을 할 수 있을까. 내 자신이 초라하게 느껴진다. 어떤 생명이든 이 세상에 태어날 때는 가치가 있는 법인데, 스스로의 가치는 생각하지 않고 오로지 남의 탓만 하고 살았던 내 자신이….

아기는 멀지 않은 곳에서 지내고 있다. 사무실 건물에 있는 일시 보호소에서 따뜻하게 재워주고 입혀주고 먹여주며 보살피고 있다.

우리 아기는 입양도 갈 수 없을지 모른다. 부모가 미성년자일 경우 부모가 와서 친권포기서에 도장을 찍어야 한다는데, 나는 그럴 처지가 아니다. 엄마는 돌아가셨고, 아빠는 소식 끊긴 지 오래고, 할머니에게는 도저히 이 소식을 알릴 수 없으니 말이다.

남자? 내게 이런 고통을 안긴 그 남자는 오래전에 나를 떠났다. 연락을 해본 적도 있지만, 전화도 끊긴 걸 보면 어디 감옥에라도 들어가 있는 거겠지. 잠깐 동안 만났던 그 사람은 뒷골목을 오가며 주먹을 쓰던 사람이었다. 사랑하는 마음도 없었는데, 그땐 나도 모르게 함부로 행동하고 말았다. 지금은 물론 아무런 미련도 없다. 애초부터 장래를 기대했던 사람이 아니었으니까.

임신 중에 제대로 못 먹어서인지 아기는 3킬로그램도 안 되는 작은 몸으로 태어났다. 남자아이다. 아기를 돌보는 보육사 선생님들은 순하게 잘 자고 생김새도 예쁘다며 이렇게 귀한 아기가 잘못됐으면 어쩔 뻔했냐며 날 나무랐다.

잠이 든 아기 얼굴은 천사처럼 예뻤다. 떨어뜨릴 것 같아 안기도 망설여졌지만, 선생님들의 권유에 살며시 아기를 안아보았다. 가슴이 뭉클했다.

'미안하다, 아가야. 그동안 널 원망하고 미워하고 욕까지 하고 심한 생각을 했던 거, 용서해 줘. 죽어버리라고 했던 말도 다 잊어줘. 그만큼 힘들었단다, 이 엄마는. 네가 진짜 미워서 그랬던 게 아니야. 내 자신이 이 상황을 어떻게 해야 할지 몰라서 그랬어. 너는 제발 똑똑하고 강하게 자라주렴. 어떤 어려운 환경이 닥쳐도 나처럼 어리석은 방황은 하지 말고… 그리고 좋은 부모님 만나서 구김살 없이 행복하게 자라주렴. 지금 이 평화로운 얼굴을 잃지 않도록, 부디 부디….'

아기를 만나고 돌아오는 길에 사회복지사 선생님이 또 급하게 뛰어나가는 것을 봤다. 처녀 몸으로 미혼모들을 돌보는 선생님은, 아예 우리와 같이 미혼모의 쉼터에 묵으며 뒷바라지를 해주는 분이다.

그렇게 서둘러 나갔던 선생님은 저녁식사 시간도 한참 지나서야 돌아왔다. TV를 보고 있는데, 식당에서 늦은 저녁식사를 하며 선생님이 고모님과 두런두런 이야기하는 소리가 들려왔다.

"집에서 낳았대요, 혼자서."

"아이구 이를 어째. 몇 살인데?"

"열여섯이요. 전날 밤에 배가 아팠대요. 그래도 설마 하면서 잠들었는데, 새벽에 아기가 나온 거예요."

"엄마랑 같이 산다며?"

"엄마가 옆방에서 자고 있었는데, 갑자기 어디서 아기 소리가 나더래요. 남의 집 아기가 우나 했는데, 너무 가까이 들려서 옆방에 가봤더니, 글쎄 잠자는 줄 알았던 딸이 애를 낳았다잖아요."

"세상에나, 이게 무슨 날벼락이었겠어…."

"청천벽력이죠. 아기 가진 것도 감쪽같이 몰랐었는데."

"어떻게 그렇게들 모르나 그래. 에미라는 사람들이…."

"여기 오는 아이들도 많이 그러잖아요. 의사 선생님이 그러는데, 10대 애들은 살이 탱탱해서 배도 많이 안 나온대요. 또 감추려고 들면 얼마든지 감추죠. 엄마들은 일하느라 집에 있는 시간이 별로 많지 않고, 애들도 공부한다고 밤중에 들어와서 잠만 자고 나가니까, 얼굴 볼 시간이 없잖아요."

"그래, 다들 살기 바빠서… 아무튼 얼마나 놀랐을꼬."

"그래도 엄마가 바로 사기그릇 깨서 탯줄 잘라주고 병원에 연락한 거예요. 그래서인지 검사해 보니 아기가 파상풍도 없고 건강하더라고요."

"그래, 우리 때도 시골에서 아기 낳으면 사기그릇 깨서 탯줄 자르고 그랬어. 깨끗하다고. 근데, 예정일도 몰랐대?"

"대충만 생각했대요. 병원도 한 번 안 가봤다는데요 뭐."

"하긴, 화장실에서 낳은 주리도 병원 한 번 안 가봤댔지. 쯧

쯧, 병원비도 없고 누구한테 말할 수도 없고…. 불쌍해라, 어린 것들이….”

거기까지 듣고 난 슬그머니 밖으로 나와 버렸다.

까만 밤하늘에 손톱 모양의 초승달이 걸려 있었다.

지금도 저 달 밑의 어두운 세상에는 말 못할 고민을 안고 살아가는 사람들이 우글거리겠지. 고민 없는 사람이야 없겠지만, 나처럼 아기를 임신하고 이러지도 저러지도 못하는 미혼모들은 또 얼마나 될까. 결혼한 여자들은 아기를 낳으면 여왕 대우를 받는다던데, 죄인처럼 숨어 있어야 하고 예쁜 아기마저 품에서 떠나보내야 하는 사람들…. 저 방의 배불뚝이 아이들이 자꾸 처량하게 느껴진다.

할머니가 보고 싶다. 내일은 그냥 짐을 꾸려 돌아가야겠다. 혼자서 외롭게 지내는 할머니, 내 유일한 보금자리 할머니의 품으로….

• 글쓴이 │ 서주리(고1)

슬픈 어린 날, 더 슬픈 우리 아기

1994년, 초등학교 3학년

우리 집은 경기도 구리시.

가끔 반 아이들이 서울 가서 돈가스도 먹고 근사한 레스토랑에서 외식도 했다며 자랑해대지만, 난 코웃음만 쳤다. '그래 봤자 너희들이 호텔 음식 먹어봤어?'

그럼 난 호텔을 얼마나 가봤길래 그런 거만한 생각을 하고 있냐고? 솔직히 호텔에 가본 적은 없다. 하지만 호텔에 드나들어야 호텔 음식을 먹는 건 아니다. 정말 맹세코 난 호텔 음식을 수시로 먹는다. 거짓말이 아니다. 특별히 아빠가 기분이 최고로 좋은 날은 진짜 맛있는 호텔 음식을 먹는다. 왜냐면 우리 아빠가 호텔 주방장이니까!

아빠는 고급 호텔 중식당 주방장이다. 내 생일날 우리 집에서 아빠가 만들어주신 탕수육을 먹어본 아이들은 읍내에 있는 중화루 탕수육 같은 건 비교도 안 된다며 혀를 내둘렀다. 나를 이렇게 폼나게 해주는 우리 아빠가 나는 세상에서 제일 멋있다.

1995년, 초등학교 5학년

이제 고학년이다. 어른들의 세계도 조금쯤은 이해할 수 있는 나이가 됐다. 그런데 오늘 낮에 있었던 일은 정말 이상했다. 엄마가 미워진다.

참, 우리는 서울로 이사를 왔다. 아빠가 직장을 옮겼기 때문이다. 호텔을 그만두고 고급 음식점으로 옮긴 후로 아빠는 예전보다 더 바빠졌다. 아빠가 매일같이 밤늦게 들어오는 바람에 나는 아빠의 얼굴을 거의 볼 수가 없다. 일요일에도 출근을 하는 아빠는, 평일 중 하루 쉬는 날이면 온종일 잠만 잤다. 엄마는 그런 아빠 때문에 심심해진 모양이다. 다른 아저씨를 만나는 걸 보니….

오늘 낮에 엄마를 따라 시장에 갔다가 커피숍이라는 데를 들어갔다. 엄마는 냉커피를 마시고 난 아이스크림을 먹고 있는데, 웬 키 큰 아저씨가 우리 앞에 와 앉았다. 엄마는 환하게 웃으며 날 인사시켰다. 엄마 초등학교 동창생이라고 했다.

엄마랑 아저씨는 나에 대한 얘기랑 내 동갑이라는 아저씨네

아들 얘기를 나눴다. 그리고 엄마랑 아저씨가 같이 학교 다니던 옛날 얘기들도 했다. 별로 재미도 없는 얘기 같은데, 엄마는 내내 호호호 웃고 있었다. 아빠 앞에서는 짜증만 내던 엄마에게서 이렇게 행복한 표정을 보는 게 얼마 만인지 모르겠다. 그래도 아빠 아닌 다른 아저씨 앞에서 웃고 있던 엄마가 마음에 들지 않았다. 왠지 아빠가 불쌍해졌다.

1996년, 초등학교 6학년

언젠가 폭풍이 몰아닥칠 줄 알았다. 하지만 내가 생각했던 것보다 더 큰 일이 벌어진 것이다. 엄마한테 남자친구가 있다는 사실을 아빠가 알아버렸다. 두 분은 크게 싸웠고, 아빠는 매일 밤 술에 취해 들어와 물건을 던지고 부수고… 심지어 엄마를 때리기까지 했다. 이제 나는 아빠가 미워졌다.

몇 달을 술만 마시던 아빠는 결국 주방 일도 그만두었다. 그리고는 얼마 후 우리를 두고 일본으로 떠났다. 그날 내가 본 아빠의 뒷모습을 평생 못 잊을 것 같다. 슬픈 얼굴을 한 아빠는 내 머리를 쓰다듬어주고는 큰 가방을 들고 나갔다. 이제 우리 집에서 엄마와 아빠와 나, 이렇게 셋이 둘러앉아 하하호호 웃는 날은 다시 오지 않을 것 같았다. 그래서 그 순간이 너무나 슬펐다.

1999년, 중학교 3학년

이마에 여드름이 돋아나면서 나는 사춘기 티를 팍팍 내는 학생이 됐다. 생리를 시작한 지도 2년이나 지났다. 이제 정말 여자가 됐다는 뜻이다.

내 얼굴과 몸에 일어난 변화는 우리 집에 있었던 변화와는 비교도 할 수가 없다. 엄마와 아빠는 이제 더 이상 부부가 아니다. 나는 이혼한 가정에 덩그러니 남게 되었다.

일본에서 건축 현장 근로자로 일했던 아빠는 2년이 조금 넘어 귀국했다. 2년 만에 집으로 돌아온 아빠 모습은 너무나 낯설었다. 몸무게는 10킬로쯤 빠졌고, 얼굴의 주름은 열 배쯤 늘어나 있었다. 한쪽 다리까지 절면서 집에 들어서는 아빠에게서 예전의 아빠 모습은 찾아볼 수 없었다.

주방에서 음식이나 만지던 아빠가 생전 해보지도 않던 건축 일을 하면서 벽돌과 철근을 날라댔으니 몸이 상하지 않을 수 없었던 거다. 게다가 술까지 계속 마시는 바람에 건강을 잃고, 한쪽 다리에 마비 증상까지 생겨 더 이상은 일을 할 수도 없었다. 그리고 바로 엄마와 아빠는 헤어졌다.

나는 아빠 옆에 남았다. 엄마에 대한 미움은 없었다. 하지만 이런 지경이 된 아빠를 나마저 버릴 수는 없다는 생각이 들었다. 아빠를 지켜야 할 것 같아서 나는 아빠 곁에 남았다. 내가 할 수 있는 일이 얼마나 있을지는 모르겠지만….

2000년, 고등학교 1학년

얼마 전 엄마는 재혼을 했다. 상대는 언젠가 커피숍에서 본 적이 있던 그 동창 아저씨다. 그 아저씨도 이혼을 하고 엄마와 결혼했단다. 나는 종종 아저씨와 엄마가 사는 새 집에 찾아간 다. 아빠한테 조금은 미안한 마음을 안고서….

고모나 친척들은 세상의 몹쓸 말들을 다 붙여서 엄마를 욕하지만, 난 엄마를 나쁘다고 생각하지 않는다. 엄마와 아빠의 사랑은 시간이 흘러 퇴색했을 뿐이고, 엄마와 아저씨의 사랑은 또 하나의 새로운 사랑이라는 게 어린 내 가슴속에서 인정이 되는 걸 어떡하겠는가.

내가 찾아가면 엄마는 밑반찬이 가득 든 그릇보따리를 쥐어 주며 내게 말한다. 미안하다고…. 그리고 아빠한테 잘해드리라 고…. 엄마는 아빠에게도 미안한 마음을 가지고 있나 보다. 그 말에 내 마음은 더 착잡해지곤 했다.

아빠는 점점 바닥으로 추락해 갔다. 한번 망가진 몸은 쉽게 회복되지 않아 아빠는 지금까지도 계속 치료를 받고 있다. 아빠가 생계를 꾸려갈 능력을 잃은 지 오래돼서 우리 집은 영세 민 가정으로 정부의 지원을 받아 살아야 했다. 이젠 가장의 역할을 내가 짊어져야 할 차례다. 나는 상고에 진학했다. 하루 빨리 돈을 벌어야 했던 나는 학교에 다니는 동안에도 내내 주유소나 편의점에서 아르바이트를 했다. 여학생들이 수다를 떨며 지나가면 어른들은 가끔 이런 말을 한다.

"좋을 때다."

하지만 나에게 이 시기는 어둡고 답답하기만 하다. 차라리 빨리, 어서 빨리 어른이 됐으면 좋겠다.

2001년, 고등학교 2학년

오빠를 만났다. 주유소에서였다. 나는 주유소 아르바이트 직원이고, 오빠는 주유소에 딸린 편의점에서 일하는 대학생이다. 가끔 유리창 너머로 손짓을 해서 김이 모락모락 나는 컵라면을 먹으라고 부르는 그는 꼭 친오빠 같다. 일을 마치고 집에 가는 길에는 포장마차에서 우동도 먹으면서 우리는 많은 얘기를 나눈다. 어찌된 셈인지 웬만해선 입 밖에 내지 않던 우리 집안 이야기도 오빠에게는 술술 털어놓게 된다.

오빠를 만나 얘기하다 보면, 따뜻한 목욕물에 몸을 담근 것처럼 편안하고 기분 좋은 느낌이 온몸을 감싼다. 몸의 때를 씻어내듯 내 안에 쌓여 있던 짐들을 오빠에게 털어버리고 싶었던가 보다. 그렇게 조금씩 가까워지다 우리는 어느새 연인이 됐다.

오빠에게는 부자는 아니지만 성실하게 가정을 꾸려가는 부모님과 착한 남동생이 한 명 있었다. 장사를 하는 부모님 밑에서 평탄하고 단란하게 자라왔던 오빠는 내 얘기를 들으며 나를 많이 안쓰러워했다. 나에게 힘이 돼주고 싶어 했다. 그런 따뜻함이 좋았다. 오빠는 이제 나에게 특별한 사람이 되었다. 내 어두운 10대에 환한 빛을 비춰주는 사람이….

2002년, 고등학교 3학년 현재

그런데 행복만 그려지는 드라마는 없는 모양이다. 성실하게 일하면서 미래를 설계하고 예쁘게 사랑을 키우던 우리 두 사람에게 생각지 못했던 사건이 생겼다. 임신이었다. 생리가 석 달을 건너뛰었고 입덧까지 하게 됐다. 근심, 한숨, 두려움, 자책감, 그리고 약간의 기쁨까지 가미된 복잡한 심정이었다.

떨리는 마음으로 오빠에게 그 사실을 알렸을 때, 그는 나를 꼭 안아주었다. 사랑한다는 말을 몇 번이나 들려주면서…. 사랑하는 사람의 아이가 내 안에 있다는 사실에 나도 행복했다. 그 잠깐의 순간만큼은. 하지만 그 행복은 아직 우리의 몫이 아니었다. 우리는 아직 아이의 부모가 될 자격이 없는 사람들이었다. 경제적으로도 한 생명을 책임질 능력이 없었고, 학교도 마쳐야 하는 형편이었으니 말이다.

나는 오빠에게 낙태수술을 하겠다는 말을 꺼냈다. 그는 아무힘도 없는 자신이 미안하다며 다음에 낳아서 잘 키우자는 말로 내 생각에 동의했다. 하지만 시간이 갈수록 겁이 났다. 입덧이 심해지고 내 안의 생명이 느껴지자, 이 아이를 죽일 수는 없다는 생각이 파도처럼 밀려왔다.

매일 밤 나는 생각의 성을 쌓았다 허물었다 하며 밤을 지새웠다. '내가 학교를 그만두고 더 많이 일을 하면, 오빠도 잠깐 휴학을 하고 돈을 벌어두면… 그렇게 열심히 모으면 키울 수도 있지 않을까? 부모님께 허락을 받아 도움을 청해도 되지 않을까? 아니야, 그런 식으로 오빠의 장래를 막을 수는 없어. 책임지지 못할 가정에서 불행한 아이를 만드는 것보다는 태어나지 않는 게 나. 아니야, 그래도 없앨 순 없어.'

하지만 난 어쩔 수 없는 현실에 손을 들 수밖에 없었다. 그래서 결국 병원을 찾기로 했다. 시간이 많이 흘러 배가 제법 나왔을 때였다. 오빠의 손을 꼭 잡고 들어선 산부인과에서 우리가 듣게 된 말은, 낙태하기에는 너무 늦었다는 통보였다. 의사 선생님은 낙태를 하기에는 이미 불가능한 시기라 분만을 해야 하고, 정 키우기가 어려운 사정이라면 입양시킬 것을 권했다.

며칠을 먹지도 않았다. 먹을 수도 없었거니와 그렇게라도 하면 뱃속의 아기가 죽지 않을까 하는 바보 같은 생각까지 하게 됐다. 하지만 야속하게도 아기는 자랐고, 출산일은 다가왔다.

문득 잠들어 있는 아빠 얼굴을 봤다. 마르고 주름진 아빠의 모습…. 한때는 남들처럼 넉넉하고 평탄한 가정에서 날 지켜주지 못하는 아빠를 원망도 했지만, 이젠 그저 아빠가 불쌍할 뿐이다. 그리고 죄송했다. 삶에 대한 희망도 다 포기하고 겨우겨우 살아가는 아빠한테 나의 이런 모습까지 보일 수는 없었다. 취업 연수를 간다는 거짓말을 하고 집을 나왔다. 학교도 그만두었다. 휴학을 할까 했지만, 내 배를 보며 수군대는 아이들의 시선이 따가워서 자퇴를 해버렸다. 선생님도 알고 있었는지 굳이 말리지 않았다.

오빠가 인터넷을 뒤져 알려준 미혼모 시설에 입소했다. 멀리 대구에 있었다. 밤기차를 타고 나를 거기까지 데려다준 오빠는 끝내 눈물을 보이고 말았다. 그렇게 그곳에 내려간 지 한 달도 안 돼 나는 아기를 낳았다. 2.8킬로그램의 여자아이였다. 매주 내려와 나와 함께 있어준 오빠는 아기를 낳던 날도 내 곁에 있었다.

오빠는 울고 있는 내 옆에서 아기를 안고 이름을 불렀다.

"멍석아~!"

울고 있던 내 입에서 웃음이 터졌다.

"여자 이름이 아니잖아."

멍석이, 뱃속에 있을 때 오빠가 지어준 아기 이름이었다. 아기가 뱃속에서 발길질을 한다고 오빠에게 만져보게 할 때마다 발로 차기는커녕 언제 그랬냐는 듯 잠잠해져서 붙여준 이름이다. 멍석 깔아놓으면 하던 짓도 안 한다면서….

오빠는 아기 얼굴을 찬찬히 들여다보더니 아기 입이 내 입이랑 꼭 닮았다며 신기해했다. 내가 보기에는 아기 코가 오빠 코랑 꼭 닮은 것 같던데…. 이렇게 예쁜 아기를 우리가 키울 수 있다면 얼마나 좋을까. 내 아인데… 내가 키워야 하는데….

나는 가정이 깨진 것만으로도 힘들게 자라왔는데, 부모에게 버림받았다는 것을 알면 이 아이는 얼마나 원망스러울까. 어쩌면 아기는 외국에 입양돼 먼 훗날 나를 찾을지도 모른다. TV에서 가끔 보이는 외국인 입양아들처럼…. 또 자신이 입양아라는 사실 때문에 쓸쓸하게 자랄지도 모른다. 그 생각을 하면 가슴이 찢어진다. 하지만 나는 어금니를 꽉 물고 서류에 사인을 했다. 그리고 기도했다. 아이가 이 모든 사실을 모르는 채, 행복한 가정에서 씩씩한 아이로 자라주기를….

다시 집으로 돌아가는 길에 오빠가 내 손을 꽉 잡고 말했다.

"다음에 우리가 자리 잡고 결혼하면 우리 아기 꼭 찾아오자. 그때 더 많이 사랑해 주면 돼."

과연, 과연 그런 날이 올 수 있을까? 차창 밖으로 보이는 파란 하늘이 유난히 슬퍼 보인다.

• 글쓴이 | 손유정(고3)

폭풍의 계절

이제는 혼자 서야 할 시간

물이 흐른다. 강물이 흐른다. 내 고향 진주를 흐르는 남강의 물소리가 들린다. 논개가 뛰어들었다던 그 강…. 손을 타고 흐르는 물살에 가슴이 찡하다.

"엄마야! 귀에 물 들어가잖아요!"

"어머, 죄송합니다. 죄송합니다, 손님. 제가 닦아드릴게요."

또, 또 실수를 했다. 마침 수건을 가지러 왔던 원장님이 매섭게 노려보고는 지나간다. 아휴… 이게 벌써 몇 번째야. 이상하게도 손님 머리를 감기다 보면 자꾸 고향 생각이 나는 것이다. 강변에서 놀던 생각, 물장난 하던 생각, 엄마 생각까지….

그렇게 딴 생각을 하다가 그만 손님 귀에 물이 들어가게 한 게 몇 번째인지 모른다. 이러다 정말 이곳에서도 쫓겨날지 모르겠다. 그럼 안 되는데… 정신 똑바로 차려야지!

진주는 내 고향이다. 여고를 마치고 보건대학교 피부미용학과를 졸업할 때까지 나는 진주를 떠나본 적이 없었다. 그런데 지금은 낯선 도시 서울에서 살고 있다.

패션의 중심지 서울에서 기술도 익히고, 근사한 미용실을 차려 성공한 뒤 금의환향하고 싶은 것이 나의 꿈이다. 내가 서울로 떠나던 날, 목수 일을 하는 아빠는 "우리 딸 미장원은 내가 지어주마!"라며 호탕하게 웃어주었다. 꼭 성공할 거라는 말도 덧붙이며…. 착한 우리 엄마는 코만 훌쩍였다. 그러면서도 끼니 거르지 말고 몸 잘 챙기라는 말을 잊지 않았다.

재작년에 졸업을 하자마자 나는 서울에 있는 미용실로 올라왔다. 열심히 하다 보니 길도 쉽게 열린 것 같았다. 모두들 취직이 어렵다며 우는 소리는 하던 그 시기에, 일찌감치 서울에서 자리 잡고 있던 선배들이 연결을 해준 덕분에 나는 바로 취직이 되었다.

처음 소개받은 곳에서 6개월 정도 일하다 몇 군데 미용실을 옮겨 다녔는데, 정말이지 미용실 생활은 너무 피곤하고 힘든 일이었다. 누가 미용실을 화려하다고 말하는가! 이곳은 막노동판만큼이나 고되고 거친 곳이다. 적어도 일하는 사람들에게는 그렇다.

하루 종일 서서 지내다 보니 밤이면 다리가 퉁퉁 부었다. 또 늘 팔을 올린 채 파마를 말고 드라이를 하다 보니, 어깻죽지와 팔의 근육통 때문에 파스를 떼고 잘 날이 없을 정도다. 가위질을 연습하느라 손은 상처투성이고, 그 상처에 독한 파마약이 닿고 물이 마를 날 없으니, 이미 내 손은 남 앞에 보이기도 싫을 정도로 흉해졌다.

보조의 보조 역할을 하는 초기에는 월급도 짜기만 했다. 미용실에 딸린 방에서 잠도 해결하고 밥도 해먹는 초라한 생활이었지만, 그래도 내겐 꿈이 있어서 견딜 수 있었다. 퇴근 후에는 피로를 추스를 겨를도 없이 커트와 파마, 염색 연습을 하느라 밤을 지새운 적도 많았다. 난 그렇게 열심히 꿈을 향해 달려가고 있었다. 어쩌면 오기로 더 독하게 버텨냈는지도 모른다. 지나간 상처를 모두 잊고 새롭게 내 인생을 개척하고 싶은 지금의 마음만큼 독하게!

하지만 아직도 가슴에 남아 있는 이 앙금은 어쩌면 평생을 간직하게 될지도 모르겠다. 그것도 내 운명이라 생각하며 받아들이고 있지만, 아직은 너무나 아프다. 키우지 못할 아기를 낳았다는 아픔이 어떻게 쉽게 지워질 수 있을까.

진주에서 대학을 다니던 때였다.

1학년 말, 시내에 있는 큰 미용실에서 아르바이트를 하고 있을 때 연말에 초등학교 동창회가 열린다는 소식이 들렸다. 나는 너무나 가슴이 부풀었다. 첫사랑을 만난다는 생각에 가슴이 설레 동창회 날까지 하루하루를 손에 꼽으며 지낼 정도였다. 내 첫사랑 최진우. 우리 학교 야구선수였던 진우는 여자아이들의 우상이었다. 나도 진우가 맘에 들어서 시합이 있을 때면 몰래 선물도 하고 그랬는데… 날 기억이나 할지 모르겠다. 진우는 서울로 전학을 갔는데, 이번 동창회에는 진주에 내려온다고 했다.

하지만 동창회가 열리던 날, 나는 괜히 왔구나 싶었다. 기대가 크면 실망도 크다더니, 옛말이 하나도 틀리지 않았다. 최진우는 옛날의 나의 왕자님이 아니었다. 초등학교 이후로는 몇 센티 자라지 않았는지 키도 별로 크지 않았고, 어렸을 때는 안 그랬던 것 같은데 머리는 한 바가지나 되는 곱슬머리였다. 당장 데려가 매직 스트레이트 파마라도 해주고 싶을 정도였다. 운동은 그만둔 지 오래고, 집안이 어려워져 대학도 못 갔단다. 지금은 스포츠용품점에서 일하고 있다고 했다. 내 첫사랑의 환상이 무너진 게 너무나 허탈하고 속상해서 난 그날 꽤 술을 많이 마셨던 것 같다.

그런데 결과적으로는 동창회에 나가기를 잘한 것 같다. 내 첫사랑을 마음에서 잃은 그날, 나는 또 하나의 사랑을 얻었으니 말이다.

3차로 장소를 옮긴다고 할 즈음이었다. 기억이 가물가물해질 정도로 많이 마신 나는 길가에 주저앉아 먹은 것을 다 토해내고 말았다. 속은 아프고 정신이 하나도 없는데, 누군가 내 등을 두드려주고 부축해 준 사람이 있었다. 등에 와 닿는 손길이 따뜻했던 그 친구의 이름은 성민이었다. 같은 반이었던 적이 없어서인지 얼굴이 전혀 기억나지 않는 동창이었다. 내 앞에 앉아 있던 그 친구를 보며 '콧날이 참 예쁘다'라고 생각했었는데, 그날 술에 취해 눈물까지 흘리며 주책을 부리던 나를 집까지 데려다준 것도 그 친구였다.

다음 날 아침 성민에게서 전화가 왔다. 해장을 해주겠다며 집 앞까지 나를 데리러 온 그는 내 어릴 적 모습을 많이 기억하고 있었다. 여자아이답지 않게 야구 모자를 쓰고 야구 그림이 그려진 도시락 가방을 들고 다니는 걸 보고 야구를 참 좋아하는 애인 줄 알았다고 했다. 실은 야구를 좋아한 게 아니라 야구 선수를 좋아했던 건데….

헤어질 때 성민이는 계속 전화해도 되겠냐고 물었고, 나는 내 술친구가 되어줄 수 있으면 언제든 전화하라고 대답했다. 그날 이후 우리는 하루도 빠짐없이 전화를 하고 얼굴을 봐야 하는 사이가 됐다. 난, 그를 사랑하게 되었다.

성민이는 전문대 사회체육학과에 다니고 있었다. 못하는 운동이 없는 만능 스포츠맨이다. 과일 도매업을 하는 그의 부모님은 부자였다. 대학생인 아들에게 스포츠카를 뽑아주고 학교 옆에 작은 아파트까지 장만해 줄 정도였다. 하지만 그렇게 넉넉한 환경에도 성민이의 얼굴에는 어딘지 그늘이 있었다.

아버지의 외도가 잦았고 배다른 형제까지 있다고 했다. 그런 이유에선지 어려서부터 집에서는 부모님의 다툼소리가 끊이지 않았다고 한다. 그런 분위기 속에서 성민이는 가정에 마음을 붙이지 못하고 조금씩 반항아로 자랐던 것 같다.

언젠가부터 나는 그에게 따뜻한 가정이 되어주고 싶다는 생각을 하게 되었다. 넉넉하지는 않지만 서로 위하고 아껴주는 우리 집 이야기를 그가 부러운 눈길로 듣고 있을 때면 마음속으로 다짐하곤 했다. '내가 너의 보금자리가 되어줄게.'

서로를 점점 깊이 알게 된 우리는 성민이의 아파트에서 자주 만났고, 밤을 같이 보내는 날이 많아졌다. 그럴 때면 엄마에게 친구들을 돌아가며 팔아댔다. 엄마에게는 미안했지만, 외로움을 많이 타는 성민이 옆에 있어주고 싶을 때가 많았던 것이다.

그런데 만난 지 얼마 되지 않아 나는 임신을 하고 말았다. 아니, 정확히 말하자면 임신인지도 모르는 상태에서 자연유산이 되었다. 배가 너무 아파서 병원에 갔다가 의사로부터 자연유산이 됐다는 말은 들은 것이다. 기가 막힐 뿐이었다. 임신조차 모르고 있었는데…. 피임이란 걸 가볍게만 생각했던 우리는 그

일 이후로 각별히 조심하게 됐다.

그러다 정말 슬픈 일이 닥쳐왔다. 우리가 사귄 지 8개월째 되던 다음 해 8월, 성민이가 입대를 하게 된 것이다. 그때 흘렸던 눈물을 생각하면 지금은 차라리 웃음이 난다. 그때는 함께 있지 못한다는 사실만으로도 눈물이 펑펑 났었다. 이 세상에 우리처럼 불행한 커플은 없는 것처럼 내 눈물은 한동안 끊이지 않았다. 멀지 않은 미래에 그 정도는 행복이었다고 말할 만큼 엄청난 비극이 기다리고 있다는 것은 까마득히 모른 채….

그해 11월, 성민이는 첫 휴가를 나왔다. 너무나 반가운 마음에 우리는 오랫동안 기다리며 목말라했던 순간들을 함께 보냈는데, 그때 또 임신이 되었다. 성민이 복귀한 후 석 달째 생리가 없어 혹시나 하는 마음에 자가 테스트를 해보니 정말 임신이었다. 그에게 전화가 왔을 때 난 떨리는 목소리로 이 사실을 알렸다.

"어떡해… 나… 임신했어…."

멀리 전화기 너머 그의 한숨이 새어나왔다. 그리고 잠시 후 "또?"라는 원망과 비난 섞인 소리도 들렸다.

울컥 눈물이 났다. 그러자 울먹이는 나를 그가 위로해 주었다. 함께 있지 못해 미안하다며 그는 돈을 보낼 테니 낙태를 하라고 했다. 다음 날 내 계좌에는 50만 원이 임금 됐다.

왠지 모르게 서러워졌다. 하지만 마음속으로 자꾸 되뇌었다.

'이런 걸로 사랑을 의심하지 말자. 어쩔 수 없는 우리 처지를 생각해야지. 성민이 마음은 나보다 더 아플 텐데….'

나는 돈을 찾아 병원으로 향했다.

산부인과는 지난번 자연유산이 되었을 때 가본 적이 있긴 했지만, 이번은 달랐다. 너무나 두려웠다. 임신 3개월이라는 진단과 함께 수술을 하겠느냐는 물음에 대답은 했지만, 수술 날짜는 다음에 잡겠다며 도망치듯 나오고 말았다. 사시나무 떨리듯 몸이 떨렸다. 세상이 무섭고 두렵기만 했다. 차가운 침대 위에 누울 생각을 하면 죽는 것만큼이나 두려웠다.

얼마 후 성민이에게 전화가 왔다. 나는 눈을 질끈 감고 대답했다.

"했어."

그는 수고했다고, 미안하다고, 사랑한다고 했다. 가슴 위로 바윗덩어리가 떨어져 내리는 것 같았다.

'이제 정말 어떻게 해야 하지?'

하지만 아무런 대책도 머릿속에 그려지지 않았다. 그러면서 시간이 흘러갔다.

나는 서울로 올라와 미용실 생활을 하며 피곤한 나날을 보냈다. 남들이 눈치 챌까 봐 불러오는 배를 복대로 꽁꽁 동여매며

가시방석 같은 나날을 보내야 했다. 아무에게도 기댈 수 없는 나는 세상에 혼자 던져진 것만 같았다.

하지만 나에게는 성민이가 있었다. 나중에 많이 놀라겠지만, 어차피 함께하게 될 우리 인생에 이 아이는 조금 일찍 얻게 된 아이일 뿐이었다. 성민이도 지금은 책임질 수 없는 자신의 처지 때문에 그런 선택을 했겠지만, 결국 기뻐할 것이라고 스스로 위안했다. '내가 조금 고생해서 아이를 키우고 있다가 그가 제대한 후 가정을 꾸리면 될 거야…' 그것이 철부지 같은 내가 붙잡고 있던 실낱같은 희망이자 미래의 계획이었다.

그런데 뜻하지 않은 일이 생겼다. 그의 아버지가 심장마비로 갑자기 돌아가신 것이다. 그토록 증오하던 아버지였지만, 성민이는 내심 아버지를 좋아했었나 보다. 아버지의 죽음으로 큰 충격을 받은 것도 같고, 장남이라는 짐이 그를 정서적으로 흔들어 놓았던 것도 같다.

아직 군대에 있었던 그는, 아버지가 돌아가신 이후 태도가 판이하게 달라졌다. 연락도 끊겼다. 편지를 해도 답장이 없었다. 내가 찾아가도 그의 태도는 냉랭하기만 했다. 내가 짜증을 내며 섭섭한 심정을 드러내자, 그는 지금 여자 문제에 마음 쓸 여유가 없다고 딱 잘라 말했다.

어떻게 그런 말을 할 수 있는지 순간 말문이 막혔다. 내가 그에게는 단순히 여자 문제 같은 존재였나? 내 뱃속에는 그의 아이가 자라고 있는데…. 물론 성민이는 그 사실을 알지 못했고, 나 역시 그 이유로 매달리고 싶지도 않았다. 조금 더 기다려보았지만, 그는 연락을 완전히 끊었다. 휴가 나올 무렵이 됐는데도 전화 한 통 없었다. 나도 더 이상 연락하지 않았다.

임신 7개월쯤 됐을 때였다.

결국 미용실 사람들이 내 임신 사실을 알게 됐고, 난 하루아침에 직장을 잃고 말았다. 처녀가 아이를 가졌다는 사실이 그토록 받아들이기 힘든 일인가? 친하게 지냈던 미용실 사람들은 아무도 나를 따뜻한 눈길로 봐주지 않았다. 나는 쓸쓸히 짐을 싸서 친구가 살고 있는 자취방을 찾아갔다.

진주에는 갈 수가 없었다. 온통 내 걱정만 하는 엄마에게 이 사실을 어떻게 알린단 말인가. 엄마는 어쩌면 충격으로 쓰러질지도 모른다. 나를 믿고 있는 부모님을 실망시킬 수 없었다. 춥고 어두운 자취방에서 나는 외롭게 뱃속의 아이를 키워나갔다.

한때 죽음도 생각해 봤다. 하지만 꿈틀대는 생명을 느끼면서 내 마음도 점점 변해 갔다.

'살아야 한다, 어떻게든 살아야 한다!'

지방에 미혼모를 위한 쉼터가 있다는 것을 알게 됐다. 조용히 아무도 모르게 아이를 낳을 수 있으리라는 기대를 안고 그곳으로 내려갔다.

아이를 내 손으로 키우겠다는 욕심은 없어졌다. 아빠 없이 자라는 것보다 새 부모를 만나 평온하게 자라는 것이 아이에게 더 좋겠다는 판단이 서자, 난 입양을 결심했다. 그런데 입양을 하려면 친부의 동의도 필요하다고 했다. 나는 한동안 연락이 끊겼던 그에게 전화를 했다. 사실 그때 난 겁이 나 낙태를 못했고, 결국 아이를 낳게 됐다고⋯. 그리고 입양하려 한다는 그간의 사정을 담담하게 이야기했다. 어쩌면 그가 날 다시 찾아와 우리 아이를 받아들이길, 그래서 우리 사랑을 다시 이어가길 바라고 있었던 것 같다. 그의 마음을 돌리고 싶은 내 마지막 희망이었을 것이다.

하지만 그의 목소리는 여전히 냉랭했다. 나의 뜻을 따르겠다는 말만 남길 뿐, 그것으로 끝이었다. 그와는 모든 것이 끝났다. 그는 잠깐 와서 입양동의서에 도장만 찍고는 내 얼굴도 보지 않고 떠났다.

그리고 난 외로이 아기를 낳았다. 자기의 슬픈 운명을 아는지 아기는 한참을 울어댔다.

쉼터에서 한 달 남짓을 보내며 나보다 어린 산모들도 만났다. 간혹 어려운 형편임에도 불구하고 아이를 데려가 키우겠다는 용기 있는 친구들도 있었다. 잠깐, 아주 잠깐, 나도 혼자 힘으로나마 이 아이를 키우고 싶다는 생각을 했다. 하지만 용기가 나지 않았다.

친권포기서와 입양동의서에 도장을 찍을 때, 그렇게 떨리고 가슴 아픈 순간은 태어나서 처음이었다. 두 번 다시 기억하고 싶지 않은 순간이지만, 난 아직도 꿈을 꾼다. 고통 속에 낳은 내 예쁜 아기와 헤어지던 그날의 꿈을….

모든 일이 마무리되고 나는 집에 전화를 했다. 아무것도 모른 채 밥은 잘 먹고 지내냐며 걱정하는 엄마, 미장원은 언제 지을 거냐며 허허 웃는 아빠… 모두에게 미안하기만 했다. 엄마, 아빠, 더 이상의 아픔은 없을 거예요.

이제 눈물은 거두어야 할 시간이다. 난 다시 새 일터를 얻었다. 그리고 나는 남들보다 두 배, 세 배 고된 일을 자청하고 있다. 사랑에 배신당한 상처, 사랑하는 아기에게 내가 준 배신의 상처… 그 모든 것을 보상하기 위해서라도 나는 이 시간들을 묵묵히 버텨낼 것이다. 지금은 어두워도, 지난날의 상처가 내게 고통스러운 꿈으로 오래 남을지라도, 내일은 내일의 태양이 떠오를 것이다.

• 글쓴이 | 박찬은(22세)

내 젊은 삶에서 떨구어진 두 아이

기우뚱하게 서 있는 전봇대를 끼고 동네 모퉁이를 돌아서면 벌써 까르르 웃음소리가 들려온다. 모퉁이 가겟집의 딸들이 공기놀이를 하거나 고무줄놀이를 하면서 터트리는 웃음소리일 것이다. 여자 셋이 모이면 접시가 깨진다는데, 딸이 넷이나 되는 그 집 앞에서 목청 높은 수다와 웃음소리가 끊이지 않는 건 어쩌면 당연한 일이다. 그런데 난 그 소리가 싫어 번번이 멀리 반대편 길로 돌아서 다녔다.

중학교 때 내 짝인 미자네도 딸이 셋이나 되었다. 동사무소에 다니던 그 집 아버지는 딸들 속옷까지도 직접 사오는 터라 미자는 친구들의 놀림과 부러움을 한꺼번에 받았다. 딸 셋과 아버지가 어울려 당번을 정해 설거지를 한다는 말을 듣고 어떤 아이가 말했다.

"딸 많은 집 아버지들이 원래 자상하다더니 너희 집이 그렇구나!"

아이들의 대화를 뒤로 하고 나는 그때 서둘러 교실을 나왔다. 솟아나는 눈물을 어금니로 꾹 누르며….

우리 집도 딸만 셋인 딸 부잣집이다. 하지만 우리 집에는 산새들이 지저귀는 것 같은 계집애들의 웃음소리나 수다소리가 들리지 않았다. 언제나 침울하게 가라앉아 제 할 일들만 하는 아이들, 가끔 들리는 건 울음소리뿐…. 집으로 돌아오는 아버지 손에 우리는 속옷 같은 게 들려 있길 기대하지 않는다. 군고구마 한 봉지라도 들려 있으면 좋으련만, 아버지의 마른 손에 간혹 들려 있는 건 차가운 소주병뿐이었다.

내 기억 속의 우리 집은 단 한 번도 편안한 적이 없었다.

술 취하지 않은 맨 정신으로 다정하게 대해 주는 아버지의 모습은 내 기억 어디에도 남아 있지 않다. 아버지에게 맞아 멍든 얼굴에 짜증과 눈물로 얼룩진 엄마, 집에서는 입을 굳게 닫아걸고 밖으로만 도는 둘째, 이 눈치 저 눈치 보며 숨죽이며 사느라 예쁜 얼굴에 아이답지 않게 그늘이 진 막내. 그리고 분노와 체념으로 일그러진 내 모습….

건축 방수 일을 하던 아버지는 힘든 일을 이겨내느라 언제나 술을 많이 마셨다. 거친 노동일을 하는 분들이 술기운으로 버티곤 한다는데, 아버지도 그렇게 술을 시작했던 모양이다. 하지만 정도가 점점 심해져 나중에는 하루라도 술을 마시지 않고는 견디지 못할 지경이 되었다. 거기다 술주정까지 나날이 심해져 엄마와 우리한테 손찌검까지 하게 되었다.

엄마가 말리기라도 할라치면, 아버지는 이렇게 말했다.

"내가 이 식구들 벌어 먹이느라 등골이 빠지는데, 술까지 못 마시게 해?"

아버지에게 우리 네 모녀는 짐이었던가 보다. 우리는 아버지 앞에 죄인 아닌 죄인이었다. 술이 벌겋게 취한 아버지 입에서 '아들 하나 못 낳는 년'이라는 말이 나올 때면 엄마 눈에서는 어김없이 눈물이 쏟아졌다. 그리고 방 안에서 그 소리를 고스란히 듣고 있어야 했던 우리 세 자매는, 아무 말도 못한 채 매질이 우리에게까지 건너오지 않기만을 바라고 있었다.

언젠가부터 우리는 늦은 밤에도 아버지가 들어오는 소리만 들리면 잠을 깼다. 어디든 피해 있어야 했으니까. 술 취한 아버지가 들어오면 네 모녀는 꼭 껴안고 구석방으로 숨어버리곤 했다. 아버지가 물건들을 부수다 잠들 때까지….

하지만 동네 시끄럽게 한다고 엄마가 참다못해 달려가 말리면 아버지는 어김없이 엄마에게 손찌검을 했고, 말리는 우리까지 차례대로 때렸다. 하지만 그 세월도 그리 길지는 않았다. 견

디다 못한 엄마가 집을 나간 것이다. 내가 초등학교 6학년이
되던 해였다.

그 후 우리는 엄마 소식을 듣지 못했다. 처음에는 엄마가 며
칠 도망가 있다 돌아올 줄 알았다. 차라리 엄마가 그렇게 도망
가 있는 것이 잘됐다고 생각했다. 하지만 엄마는 일주일이 지
나도, 한 달이 지나도, 1년이 지나도 오지 않았다.

내 도시락 한 번 싸보지 않았던 손으로 동생들 도시락을 챙
기고, 식구들 끼니를 준비하고, 빨래를 하고… 그렇게 살림을
해가며 아버지에 대한 원망은 점점 엄마에게로 향해 갔다. 어
떻게 자기만 살겠다고 우리를 버리고 갈 수 있는지, 그리고 어
쩜 소식 한 번 없는지….

엄마 얘기는 더 이상 하고 싶지 않다. 나에게 엄마는 죽었다.
아니, 엄마는 없다. 그런 엄마는 엄마도 아니다.

그런데 그렇게 엄마를 원망하며 자란 내가 이제 씻을 수 없
는 죄를 내 아이에게 짓게 되었다.

엄마의 가출 후에도 아버지의 술버릇은 조금도 달라지지 않
았다. 아버지는 술을 더 마셔댔다. 우리에 대한 손찌검은 엄마
에게 했던 것보다는 덜했지만, 술은 더 마셔댔다. 그러면서 건
강도 눈에 띄게 나빠져 갔다. 얼굴은 검게 변했고 몹시 수척해
졌다. 그래도 아버지는 책임을 다했다. 세 딸을 키워야 하는 가

장의 책임을 다하려고 했는지, 술에 절어서라도 건축 현장을 다니며 일을 했다.

때때로 아버지를 죽여버리고 싶다는 몹쓸 생각이 불쑥불쑥 솟았지만, 한편으로는 그래도 가장의 책임을 끝까지 다하려는 아버지가 안쓰럽기도 했다.

하지만 결국, 내가 고등학교에 들어갈 즈음 아버지는 더 이상 일도 할 수 없게 되었다. 건강 때문이었다. 당뇨병이 심해져 아무 일도 못하고 줄곧 집에서 지내야 하는 신세가 된 것이다.

그렇게… 식구들을 먹여 살려야 하는 가장의 책임은 자연스럽게 내 어깨 위로 내려앉았다.

아직도 겨울로 접어드는 시기가 되면 나는 눈과 귀를 막고 싶다. 대입수능시험이 어떻고 수험생이 어떻고 하는 말들을 들으면 입에서 욕부터 나왔다. 그건 팔자 좋은 사람들의 엄살일 뿐이지, 나와는 너무나 먼 세계의 일이니까. 우리 집안 형편을 생각하면 대학은커녕 고등학교조차도 사치스러운 일이었다.

집안의 가장이 된 나는 중학교를 졸업한 후 고향 영주를 떠나 경북 구미에 있는 방직공장에 취직했다. 그래도 중학교 졸업으로 내 인생을 마치고 싶지는 않아서 공장에 딸린 산업체 여고를 다녔다. 하지만 공장일은 너무도 힘이 들었다. 일하면서 학교에 다니는 것이 너무 벅찼다.

고등학교 2학년을 마칠 즈음 나는 학교를 그만두었다. 어차피 공부라는 것이 내 인생과 무슨 상관이 있을까 싶었다. 이쯤에서 그만둬도 상관없을 것 같았다. 처음에 다잡았던 마음도 피로에 찌든 생활 속에서 희미하게 흐려졌던 것이다.

그리고 얼마 후 나는 공장도 그만두고 삼촌이 경영하던 식당에서 서빙 일을 시작했다. 공장일보다 육체적으로 덜 힘들었고, 월급도 더 많고, 또 간간이 사람들과 어울리는 재미에 내 생활과 사고방식은 많이 달라졌다.

그러다가 한 사람을 만났다. 열심히 돈 벌어 고향집에 부쳐주기도 바쁜 그때, 한 남자를 만난 것이다. 사실 사랑이라고 할 만큼 특별한 감정이 있었던 것도 아니었고, 장래를 약속한 사이도 아니었다. 그저 외로운 객지 생활에서 서로를 위로하며 만나던 친구였다.

그런데 임신이 됐다. 너무나 놀랐지만 할 말도 없었다. 피임도 제대로 하지 않고 저질러온 무책임한 생활이 가져온 결과였을 뿐이니까.

워낙 생리가 불규칙하던 나는 임신 사실을 너무 늦게 알게 됐다. 임신중절은 이미 불가능한 상태였기에 산부인과의 주선으로 미혼모들을 위한 쉼터인 대구의 혜림원에 들어가 아이를 낳았다. 5월23일, 내 품에 잠깐 안겼다 입양을 가게 된 그 아이의 생일….

아무런 계획도 없이 무책임하게 아이를 갖고, 키우지도 못할 아이를 낳고 보니 그동안의 내 삶을 돌아보게 되었다. 나는 다시 공장생활을 시작하기로 했다. 힘든 생활이 되겠지만, 열심히 일하고 성실하게 돈을 모으는 공원들과 함께 사는 것이 내게 도움이 되겠다는 생각에서였다. 전에 다니는 공장은 아니었지만, 대구에 있는 한 방직공장에서 나는 새 삶을 돌아보게 되었다. 나는 기숙사생활을 하며 다시 태어난 기분으로 하루하루에 충실했다. 하지만 내 결심은 뜻하지 않은 일로 흔들리게 됐다.

딱히 내가 잘못한 것도 없는 거 같은데, 기숙사의 사감과 자꾸만 부딪쳤다. 뭐가 그리 불만인지 공원들에게 트집을 잡아 괴롭히던 사감 눈에 나 역시 곱지 않게 비쳤던 모양이다. 길지 않지만 순탄치 않은 삶을 살며 세상에 지쳐서인지 내 성격도 모가 나 있었을 것이다. 누구에게나 웃는 얼굴로 대하기 힘든 내 속사정까지 그 사람이 어찌 알까. 그 사람 또한 어떤 말 못할 사정으로 심사가 비뚤어진 것이겠지. 하지만 그 당시 내게 그 사람을 이해할 여유는 없었다. 그 사람과 팽팽하게 맞서는 일이 많아지면서 매일매일이 괴로웠다. 그냥 날 좀 내버려두라고 외치고 싶었다. 그러다 결국은 내가 지고 말았지만….

그 즈음 나는 또 한 남자를 만났다. 그는 서울사람이었는데, 부친의 직장 때문에 대구로 왔다고 했다. 회사 언니 소개로 알게 된 그는 대학생이었다. 언제인지는 모르지만 그의 어머니도 가출했다고 했다. 지금은 계모와 이복형제들 사이에서 갈등하며 지내고 있다고 했다. 그래서 아마 더 친밀감을 느꼈는지 모르겠다. 서로 같은 상처를 안고 있는 사람들이란 생각에 우리는 금세 가까워졌고, 어려운 내 사정을 그는 깊이 이해해 주었다.

기숙사 사감과 불편해지면서 나는 그와 함께 밤을 보내는 일이 부쩍 많아졌다. 그렇게 외박을 하고 오면 기숙사 사감은 나를 더 닦달했지만, 그 남자의 따뜻한 체온마저 없으면 그 세월을 견뎌내기 힘들 것 같았다. 하지만 결국 나는 사감의 기세에 눌려 공장을 그만두고 구미의 삼촌 집으로 떠나게 됐다.

구미로 떠나면서 우리 만남도 뜸해졌다. 그는 학교 일에 열심이었고, 난 다시 살아갈 길을 찾느라 정신이 없었다. 그러는 사이 우리는 전화 통화나 가끔 하는 정도로 거리가 생겼다.

그러다 몸에 이상을 느끼기 시작했다. 체한 것과 다르게 속이 메슥거리는 그 기분은 너무나 익숙한 것이었다. 또다시 임신을 하게 된 것이다. 죽고만 싶었다.

임신을 확인한 후 나는 그에게 전화로 사실을 알렸다. 그는

너무나 선뜻 함께 아이를 키우자는 말을 했다. 얼마나 고마웠
는지 모른다. 비록 전화 한 통으로 했던 말일 뿐이었지만, 나는
그와 뱃속의 아기와 함께할 미래를 준비했다. 바보같이…. 그
의 말은 실은 나를 피하기 위한 하나의 형식일 뿐이었다.

임신을 알렸던 통화 이후 그는 내 전화를 피했다. 아이를 함
께 키우자면서 기뻐해 줬던 사람이 나를 보러 오기는커녕 전화
한 번 없었다. 내가 전화를 걸어도 늘 바쁘다는 말로 서둘러 전
화를 끊었고, 만나자는 말에도 차일피일 피하기만 했다. 그로
부터 한 달도 채 안 된 어느 날, 그의 휴대폰으로 전화를 했을
때 웬 낯선 여자의 목소리가 들려왔다. 누구냐고 묻는 내 질문
에 그 여자는 그의 여자친구라고 말했다. 무릎이 털썩 꺾였다.
그는 그새 다른 여자를 사귀고 있었던 것이다.

그날 통화 후, 그 사람은 자기의 새 여자친구가 나와 통화했
다는 사실을 알게 됐고 나에게 도리어 화를 냈다. 내 뱃속에 있
는 아이가 자신의 아이인지 아닌지 어떻게 알겠냐는 잔인한 말
까지 뱉으면서…. 그는 나에게 혼자서 알아서 하라는 말을 남
기고는 휴대폰 번호마저 바꾸어버렸다. 어떻게 그럴 수 있을
까. 내가 사랑이라고 믿고 싶었던 것이 겨우 이 모양이었단 말
인가.

나는 더 매달리지 않았다. 생각 같아서는 그에게 달려가 같
이 목숨이라고 끊어버리고 싶었지만, 이미 돌이킬 수 없는 일

이라는 것을 알았다.

  야속한 내 심정과 달리 배는 자꾸 부풀어만 갔다. 더 이상 숨길 수도 없어서 한 달쯤 후에 삼촌에게 임신 사실을 알렸다. 삼촌은 처녀 몸으로 어떻게 아이를 낳느냐며 낙태를 권했지만, 내 머릿속에 낙태는 이미 없었다. 두 번째 실수라는 것이 마음에 걸리고 부끄럽기도 했지만, 나는 지난번 신세를 졌던 대구의 혜림원으로 다시 찾아갔다. 미혼모들을 돌봐주는 고모님은 반가움과 애처로움이 뒤섞인 눈빛으로 나를 맞아주었다. 어쩌다 또 이렇게 됐냐며….

  하지만 입소한 뒤 채 일주일도 되지 않아 나는 영주에 있는 고향집으로 가야 했다. 몸이 상할 대로 상해 위험한 상태인데도 여전히 술을 끊지 못하고 있는 아버지 때문이었다. 당뇨가 있어 식이요법을 해야 하는 처지였지만, 아버지는 막무가내였다. 그 때문에 우리 식구들은 모두 지쳐 있었다.

  그동안 우리 가족은 생활보호대상자 가정으로 받는 혜택으로 어렵게 살아왔다. 하지만 나라에서 나온다는 그 돈은 끼니를 이어 나가기에도 빠듯했다. 동생들을 생각하면 눈물이 난다. 내가 아버지 대신 그 아이들을 지켜줘야 하는데, 내 한 몸도 지키지 못하고 이 모양이니…. 그동안 월급을 받으면 대부분은 동생들 학비와 생활비로 보냈었다. 월급 한 번 변변히 써

본 적 없어도, 늘 동생들을 곁에서 지켜주지 못해 마음이 불편했었다. 내가 떠나 있는 동안 동생들은 이웃에 사는 백부님 댁 신세를 지고 있었다. 고맙게도 백모님이 반찬도 해주고 돈 관리도 해주며 부모님 역할을 대신해 보살피고 있었다.

어차피 놀고 있는 몸이니 학교 다니는 동생들 뒷바라지라도 하고 아버지를 돌봐드려야 할 것 같아 나는 영주로 갔다. 임신했다는 이유로 대구에서 나 혼자 편히 지내는 것이 사치로만 여겨졌기 때문이다.

아버지는 폐인이 다 돼 있었다. 처음으로 아버지가 가엾단 생각이 들었다. 그토록 원망했었는데…. 어릴 적부터 따뜻한 말 한마디 해준 적이 없는 아버지, 말보다는 손이 먼저 올라갔던 아버지…. 하지만 어쩌면 아버지는 자기 마음을 어떻게 표현해야 할지 몰라 매질을 한 것이었는지도 모른다. 못 배우고 잘나지 못해서 가족들을 고생시키는 자신에 대한 원망이 가족들에게 표출되어 나온 건지도 모른다.

뱃속에 아이가 있어서일까? 이제야 부모의 자리를 불안하게 살아온 한 사람으로서의 아버지를 조금 이해할 것도 같았다. 불쌍한 우리 아버지….

아버지는 내가 다시 집으로 들어간 지 두 달쯤 후인 7월25일 세상을 떠나셨다. 장례식은 백부를 비롯해 친척들이 도와주었다. 장례식에 찾아온 친척들에게 내 임신 사실이 알려졌다. 눈물을 보이는 분들, 부끄럽다며 욕을 하는 분들…. 그 모든 말에 나는 아무 할 말이 없었다.

장례가 끝난 뒤 나는 바로 혜림원으로 돌아와 광복절 태극기가 휘날리던 8월 15일 아이를 낳았다.

아이를 양육할 수 없는 형편은 이미 인정하고 있는 사실이었다. 이번에도 입양을 시킬 수밖에 없었다. 아이의 입양 사실은 가족과 친척들이 모두 알고 있다. 나는 살아가며 얼마나 많은 질책과 동정을 받게 될지 모른다. 그래도 나는 또다시 내일을 설계해야 한다.

몸조리를 하고 나면 나는 다시 구미의 삼촌 집으로 가야 한다. 내 삶을 다시 시작해야 하니까….

이제는 공부도 마치고 싶다. 2년 뒤에는 검정고시로 고등학교 과정을 마치고 싶다. 그리고 동생들이 고등학교를 모두 마치고 나면, 구미로 데려오고 싶다. 거기서 함께 살면서 다시 시작하고 싶다. 세상에 남겨진 우리 세 식구는 다시 새 삶을 꾸려야 한다. 동생들과 함께 생활할 보금자리를 마련하기 위해 나는 열심히 일할 것이다.

그것이 이 세상 어딘가에서 혼자 꿋꿋이 살아가야 할 내 두 아이에게 사죄하는 길이기도 할 것이다. 내 젊은 삶에 떨구어진 두 아이를 생각하면, 살아가면서 내 가슴엔 후회의 눈물이 수없이 뿌려질 것이다. 하지만 그러기에 더욱 어디에 살더라도 아이들에게 부끄럽지 않은 인생을 살아야 한다. 이제 그것만이 내게 남은 유일한 숙제이다.

• 글쓴이 | 유정순(19세)

그의 배신, 나의 배신

오늘따라 바람이 거칠다. 찬바람에 날려 창가에 부딪치는 낙엽들이 쓸쓸하다. 거친 바람 탓인지 종종걸음으로 학원 문을 들어서는 아이들의 코끝도 빨갛다.

"선생님, 안녕하세요?"

그래도 재잘거리며 웃음을 던지는 아이들.

"춥지?"

"네! 손이 얼어서 피아노 못 칠 것 같은데요."

엄살을 떠는 아이 손을 잡아보니 정말 차갑다. 이런….

순간, 아스팔트 위를 맨 무릎으로 기는 듯한 쓰라림이 또다시 가슴을 훑고 지나간다. '보드랍고 따뜻했던 우리 아기의 작은 손… 지금 그 손도 이렇게 차가운 건 아니겠지.' 부질없는 슬픈 기억에서 빠져나오려는 듯 나는 아이의 손을 뿌리쳐버리고 만다.

"엄살떠는 사람은 연습 열 번씩 더 시킬 거야. 자, 피아노 앞으로 가."

아무래도 피아노 학원으로 다시 돌아온 건 실수였나 보다. 맑은 웃음소리로 언짢던 기분까지 밝게 만들어주던 아이들 모습이 이제는 내 안에 접어두었던 슬픔을 자꾸만 끌어내곤 하니 말이다.

전문대 실무영어학과를 나오고도 나는 전공을 살리는 대신 피아노 학원 강사로 취직했다. 어릴 적 배웠던 피아노 연주가 수준급이라는 칭찬도 들어왔고 나도 좋아했던 게 제일 큰 이유였지만, 아이들을 유난히 좋아하는 내 성격도 한몫했던 것이 사실이다. 친척들이 다들 모일 때면 아이들 돌보는 일은 늘 내 차지였다. 결혼하면 아이를 최소한 네 명은 낳겠다는 말도 입버릇처럼 달고 살았는데, 이제는 아무 말도 할 수가 없다. 내 아이조차 책임지지 못했는데 무슨 말을 할 수 있을까. 아이들에 대한 이야기도, 아이들 얼굴을 보는 것조차도 내게는 괴로움이 되고 말았다.

세기말을 보내고 새로운 밀레니엄을 맞는다고 떠들썩하게 시작되었던 2000년 봄, 그를 처음 만났다. 아는 후배의 친구였던 그를 후배의 생일파티에서 처음 보게 되었고, 붙임성 있는 그는 세 살이나 위인 나를 '누나'라고 부르며 친근하게 대했다. 그해 여름부터 우리는 본격적인 연인이 되었다.

나는 전문대를 마치고 피아노 학원에 막 취직을 했을 때였고, 그는 이제 대학에 갓 입학한 신입생이었다. 하지만 그는 학과에 대한 불만을 자주 터트리곤 했다. 엄한 아버지의 뜻에 따라 대학에 진학은 했지만, 학과 공부가 그의 적성에는 영 맞지 않았던 듯했다. 결국 그는 재수를 해서 자신이 원하는 대학에 진학한 모양이다. 얼마 전에야 후배로부터 전해들은 이야기지만….

학생이었지만 그는 용돈이 풍족했다. 강남에 사는 맞벌이 부부의 아들인 데다, 자식들에 대한 어머니의 사랑이 지나친 것 같았다. 엄한 아버지의 눈치를 보는 대신 어머니에게 과잉보호를 받고 있다는 생각이 들 정도로…. 넉넉한 가정에서 부족함 없이 자란 데다 형 하나만 있는 집의 막내답게 그는 뭐든 제멋대로였다. 내가 보고 싶을 때면 새벽이라도 달려와 봐야 했고, 피아노 학원 수업마저 빼먹도록 졸라댔으니 말이다. 처음에는 그런 모습이 귀엽기도 했지만, 차츰 나는 지치기 시작했다.

나도 1남1녀의 막내로 사랑을 듬뿍 받으며 자랐기 때문일까? 매사를 자기 마음대로 하려던 그와, 내 고집을 꺾기 싫어하던 나는 사사건건 부딪치기 시작했다. 돌이켜보면 우리는 늘 다투기만 했던 것 같다. 나이가 어려 무시당하는 느낌을 유독 싫어하던 그와, 내 뜻이 아닌 다른 사람의 뜻에 맞춰가는 게 너무도 싫었던 나. 반복되는 다툼 끝에 만난 지 1년도 채 못 되어 우리는 헤어졌다.

'그래, 사랑이란 게 다 그렇지. 어딘가에 나랑 꼭 맞는 내 짝이 있을 거야. 난 아직 젊잖아?'

그런 희망으로 씁쓸한 실연의 상처를 달래고 있을 즈음, 뭔가 좋지 않은 느낌이 찾아왔다. 벌써 두 달, 석 달… 생리가 없었다. 처음에는 별 생각 없이 받아들였다. 대학입시 때처럼 신경 쓰는 일이 있으면 간혹 늦어지기도 했기 때문에, 그와 헤어진 마음의 상처에 몸이 반응을 하는 거라고만 생각했던 것이다. 그런데 시간이 지나며 점점 불안해졌다. 혹시….

나는 약국으로 달려갔다. 처음 생리대를 사러 갔을 때보다 몇 배나 더 떨리고 부끄러웠다. 약국 안의 손님들이 다 나갈 때까지 드링크 병만 만지작거리다가 겨우 용기를 내어 간신히 임신진단시약을 달라는 말을 꺼냈다. 집에 와서는 방문부터 걸어 잠갔다. 식구들이 잠들기를 기다리며 깨알같이 쓰인 사용법을 읽다가 그만 눈물이 핑 돌았다.

'제발….' 헤어진 후 처음으로 그가 보고 싶었다. 이럴 때 옆에 있어줬으면….

식구들 눈을 피해 화장실을 들락거리며 치러낸 검사 결과는 임신이었다. 난 그 자리에 주저앉고 말았다. 눈물이 펑펑 쏟아졌다. 임신이라니!

제일 먼저 안방에서 잠든 엄마 얼굴이 떠올랐다.

'엄마가 이 사실을 알면 얼마나 아파하실까, 그리고 우리 가족들은… 또 뱃속에 있는 이 아기의 미래는 어떻게 될까, 또 내 미래는… 아기를 낳아야 하는 건가 말아야 하는 건가, 낳는다면 내가 키울 수는 있을까, 나와 내 아기 모두를 위한 옳은 선택이 무엇일까….'

슬픔과 두려움에 뒤엉켜 솟아나는 생각들로 머릿속이 와글거렸다.

전화를 걸었다. 아무래도 이 문제를 의논할 사람은 함께 문제를 만들어낸 그밖에 없으니까. 하지만 그것조차 용기가 나지 않았다. 그는 또 얼마나 놀랄까. 들었던 수화기를 내려놓기를 몇 차례, 그렇게 하릴없이 날짜를 보내다 나는 겨우 그와 통화를 했다.

"나야…. 나, 임신했어."

"…."

침묵. 그리고 잠시 후, 냉담한 대답이 돌아왔다.

"수술해야지."

어떻게, 어떻게 이토록 쉽게 수술이라는 말이 나올 수가 있을까. 뱃속에 아기를 갖고 있는 사람과 그렇지 않은 사람의 입장이 이렇게 큰 차이가 나는 것일까.

물론 나도 자신이 없었다. 우리는 결혼한 사이도 아니었고, 아이를 낳아 키울 능력이나 확신도 없었다. 하지만 나는 차마 그의 말을 받아들일 수가 없었다. 적어도 내 양심으로는 생명을 없애는 일이 용납되지 않았다. 자신이 바라지는 않았지만, 누구도 원하지는 않았지만, 적어도 이미 생명체로 만들어진 아이에 대한 도리는 이 세상에 귀한 생명으로 태어나게 하는 것이라고 나는 생각했다. 그리고 그 생각은 시간이 흘러도 변하지 않았다.

낙태를 하지 않기로 굳게 결심한 나는 그를 찾아갔다. 그의 마음을 돌려보고 싶었기 때문이다. 마침 초음파 검사를 하는 날이라 그의 손을 끌고 병원에 함께 갔다. 언젠가 보았던 〈나인 먼스〉라는 영화가 생각났다. 아이를 원치 않던 여피족 남편은 초음파 화면에 나타난 아이의 심장박동을 보고는 생각을 바꾸지 않았는가. 나도 그런 기대를 하고 있었나 보다. 영화 같은 일이 일어나기를….

병원 침대에 누운 나는 그의 손을 꼭 잡았다. 초록색 화면 위로 움직이는 무엇인가가 나타나고 잠시 후에는 팔딱거리는 작은 모양이 모습을 드러냈다. 저게 바로 심장이라고 친절하게 설명하는 의사 선생님의 말을 들으며 나는 그의 손을 꼭 쥐었다.

'우리 아이야.'

하지만 그의 손은 차가웠다. 그에게는 눈물겨운 저 생명의 모습이 그저 부담스러운 짐으로만 다가갈 뿐이었다. 병원을 나온 후 그는, 아이에 대한 내 감상조차 굳은 목소리로 짓밟아버렸다.

"바보 같은 소리 말고 빨리 수술 날짜나 잡아."

그의 태도는 강경했고 변함이 없었다. 그는 낙태시키는 것으로 알겠다며 차갑게 돌아섰고, 그 이후 단 한 번의 연락조차 없었다.

'겨우 이런 거였나?'

그의 무책임함에 나는 진저리가 났다. 이미 충분히 실망했고, 더 이상 매달릴 이유조차 남아 있지 않았다. 이 아이는 나 혼자만의 아이였다. 그의 존재는 잊어버리기로 했다. 그렇게 시간은 흘러갔고, 내 배도 불러왔다. 이를 악물고 버텼지만, 그래도 힘이 든 순간 제일 먼저 떠오르는 사람은 그였다. 얼마 후 나는 다시 그에게 전화를 걸었지만 이미 전화번호가 바뀌어 있었다. 집 전화번호, 휴대폰 번호, 이메일 주소… 모든 것이 바뀌어 있었다.

나에게는 이제 분노만 쌓여갔다. 후배를 통해 연락을 시도해볼까 했지만, 결국 그것마저도 나는 단념해 버렸다.

'필요 없어. 나 혼자 힘으로 일어설 거야.'

그러는 사이 임신 8개월이 됐고, 엄마는 젊은 애가 왜 이렇게 살이 찌냐고 타박을 주기도 했다. 괜히 마음이 찔려서 나는 더 신경질을 내기도 했다.

엄마가 몸살이 나는 바람에 이모들이 우리 집에 와서 김장을 해주던 날, 일이 너무 늦게 끝나 막내이모는 내 방에서 같이 자게 되었다. 그런데 거기서 문제가 될 줄이야. 아침에 이모가 흔들어 깨우는 바람에 잠이 깼다. 이모는 이미 내 방문을 걸어 잠그고 있었다.

"너, 이게 무슨 일이야, 응?"

부스스 눈을 뜨고 보니 내가 덮고 있던 이불은 걷혀져 있었고, 내 불룩한 배는 윗도리가 반쯤 올라간 채 나와 있었다. 얼른 옷을 내렸지만, 이모는 다시 옷을 올리더니 다그쳐 물었다.

"너, 말 못해? 대체 무슨 일이야?"

"아무 일도 없었어. 왜 그래?"

난 억지로 태연한 얼굴을 하고는 딱 잡아뗐다. 하지만 이모는 너무나 흥분한 나머지 떨리는 목소리로 다시 한 번 말했다.

"너, 지금 말하지 않으면 내가 도와줄 수 없어. 지금 다 말해, 어서! 그래야 내가 도와주지. 이거, 임신… 맞지?"

난 그만 울음을 터트려버렸다. 이모는 땅이 꺼지게 한숨을 쉬고는 나를 꼭 안아주었다.

"어쩌다 이 지경까지 됐어, 이 바보야! 이게 어떤 일인 줄이나 알고 저지른 거야, 응?"

난 아무 말도 할 수가 없었다.

그 이후로 이모는 모든 일을 맡아주었다. 미혼모들이 아기를 낳을 수 있도록 주선해 주는 곳을 알아다주고, 그곳에 묵어야 하는 한 달 동안의 알리바이까지 만들어 엄마에게 숨길 수 있게 도와주고…. 갓난아기 옷가지와 나를 위한 준비물들까지 마련해 주었다. 너무나 갑자기 아기를 낳는 바람에 연락을 일찍 못했지만, 아기를 낳고 난 후 내 손을 처음 잡아준 것도 이모였다. 내가 한 번만 보여 달라며 애원을 했지만, 이모는 막무가내였다. 아기 울음소리도 듣는 게 아니라며….

하지만 이모가 떠난 후 나는 몰래 아기를 보고 왔다. 머리숱이 다른 아기보다 유난히 많았던 우리 아기. 잠깐 만져본 보드랍고 따뜻했던 그 손과 살결의 느낌을 난 잊을 수가 없다. 하지만 그것으로 아기와 이별을 해야 했다. 이틀이 지난 후 이모 손에 이끌려 서둘러 그곳을 떠나야 했던 나는, 그 짧았던 만남으로만 아기를 기억해야 했다. 하지만 이렇게 오랜 시간이 흘러서까지 아기의 체온은 아직도 내 마음에 남아 있다.

창밖에 스산한 가을바람이 불고 있다. 저 바람 때문일 거야. 지금 내 마음이 쓰린 것은…. 이 가을이 지나면 서서히 잊히겠지. 시간이 약이라고 하지 않은가. 하지만 내 곁을 떠나보낸 내 아기에 대한 그리움을 오늘은 누군가에게 털어놓아야 할 것 같다.

"여보세요, 이모? 나야. 전에 샀다던 와인 아직 있어? 그거 내가 마셔도 돼? 나랑 한잔하는 거다. 끝나고 갈게요, 이모! 고마워요…."

• 글쓴이 | 양명희(22세)

후회의 눈물을 거두고

잘못된 만남, 잘못된 선택

친구를 잃고 애인을 잃고, 대신 한 생명을 얻었다. 하지만 이젠 그 생명도 떠나갔다.

새해가 밝으면 나는 고3이 된다. 하지만 식구들은 내게 별 관심이 없다. 대학 입시와는 상관없는 실업 고등학교에 다니기 때문이기도 하지만, 수험생이었더라도 별반 다를 바 없을 것이다. 공부 잘하는 범생이 언니, 우리 집안의 대를 이을 외아들 오빠… 그 둘에 비하면 난 아무 존재도 아니었으니까. 있어도 그만 없어도 그만인 존재라는 말은 이럴 때 쓰는 건가 보다.

2대 독자인 아버지는 아들 하나 더 있었으면 하는 마음으로 나를 낳았다는데, 미안하게도 난 아들이 아니었다. 어떤 집에서는 막내라는 이유만으로도 대우를 받는다지만, 난 그렇지 못했다. 여자로 태어난 것이 달갑지 않은 집안 분위기 때문인지, 어려서부터 내겐 여자다운 사근사근한 면이 없었다. 그러니 막내 특유의 애교와도 거리가 멀어서 귀여움 받을 기회가 없었다.

게다가 한 살 차이인 오빠와는 사사건건 부딪쳤는데, 그때마다 부모님은 가문을 이어갈 3대 독자 귀한 몸인 오빠 편만 들어주었다.

같은 딸이라도 언니와 나는 계급이 달랐다. 전교에서 1, 2등을 다투는 우등생이었으니 말이다. 언니가 중학교 2학년 때였다. 학기말 시험기간에 맹장수술을 했던 언니는 난생처음으로 5등이라는 등수를 받아왔다. 그때 온 집안은 초상집이 됐다. 언니는 몇 날 며칠 밥도 안 먹고 울고 불며 억울해했다. 그러더니 다음 시험에는 '올 수'를 기록하며 전교 1등을 되찾아왔다. 독종 중의 독종이 바로 우리 언니다.

나도 중학교 때 5등을 한 적이 있었다. 그때도 우리 집은 울음바다가 되었다. 커닝을 한 것이 뒤늦게 들통난 것이다. 학교에 불려갔다 오신 엄마는 자식 잘못 낳았다며 눈물을 흘렸고, 같은 재단 고등학교에 다니던 언니는 망신스러워서 학교는 다 갔다며 통곡을 했다. 왼쪽 눈 흰자위에 실핏줄이 다 터지도록 아빠한테 얻어맞은 나도 목 놓아 울었고….

이제 언니는 대학생이다. 무난히 명문대에 합격한 언니는 장학금까지 받아 부모님께 기쁨을 주고 있다. 그리고 오빠는 이 땅을 떠나 유학중이다. 4년제 대학 가기는 틀린 것 같다는 판단이 선 순간, 아빠는 먼 친척이 있는 캐나다로 오빠를 보냈다. 부자도 아닌 집에서 유학비를 대다 보니, 평생 전업주부로 살던 엄마까지 직업 전선에 뛰어들었다. 동창이 주인으로 있는 옷가게에서 하루 종일 옷을 팔다 들어오는 엄마는 밤마다 다리가 아파 끙끙댄다. 문틈으로 들려오는 엄마의 신음소리에, 잠귀 어두운 나도 가끔 잠을 설칠 정도다.

나는 실업계 고등학교에 입학했다. 대학 입학의 꿈 대신, 나는 빨리 학교를 졸업하고 취직해서 독립하는 꿈을 꾸기 시작했다. 그 편이 차라리 마음 편했다. 학교생활도 생각보다 재미있었다. 입시 부담이 없어서인지 아이들도 훨씬 여유로웠고, 서로 어울리는 시간도 많았다. 돈이 궁하긴 했지만, 시간과 호기심이 넘쳐나는 우리는 하고 싶은 일도 많았다.

입학식 때부터 옆자리에 섰던 수영이는 고등학교에 와서 사귄 첫 친구였다. 우리는 수업시간이면 그날 어디 가서 뭐할지 작전을 짰고, 학교가 끝나면 재깍 튀어나가 거리를 쏘다녔다. 동대문에 가서 쇼핑도 하고, 노래방에도 가고, 나이트도 갔다. 그리고 용돈 충당을 위해 패스트푸드점에서 아르바이트도 함께 했다.

그러다 수영이에게 남자친구가 생겼다. 채팅으로 만난 오빠였다. 수영이가 채팅할 때면 PC방 옆자리에 앉아 같이 낄낄거리기도 했는데, 막상 수영이의 남자친구가 되고 나니 기분이 이상했다. 한동안 데이트를 하느라 부쩍 바빠진 수영이는 얼굴 보기도 힘들어졌고, 그 바람에 난 외톨이가 된 기분이었다. 그런 내가 안쓰러웠는지 한 달쯤 지난 후부터는 오빠랑 만날 때 나를 데리고 나갔다. 그런데 문제는 거기서 시작되었다.

오빠는 수영이 말대로 키도 크고 다리도 길었다. 길을 가다 모델 하라는 제의도 받은 적 있다는 수영이 말이 허풍인 줄 알았는데, 거짓말이 아닌 모양이다. 키가 작은 수영이가 오빠 옆에 서면 더 작아 보였다. 그래도 내 키 정도는 돼야 오빠랑 어울릴 것 같은데….

키 큰 사람은 싱겁다더니 오빠도 그랬다. 썰렁한 농담으로 우리의 핀잔을 받으면서도 계속 싱거운 장난을 걸어오곤 했다. 그런데 그런 모습이 점점 귀엽게 느껴졌다.

이상하게도 오빠는 수영이보다 나랑 더 잘 통했다. 노래방에서 오빠가 주로 부르는 애창곡은 내가 오래전부터 좋아했던 윤도현의 노래들이었다. 우리가 죽이 맞아서 노래를 하면, 수영이는 재미없다며 댄스곡들로 분위기를 바꿔버렸다. 옷을 사러 가도 오빠는 수영이가 고르는 옷보다는 내가 고른 옷을 마음에 들어 했다.

오빠는 나에게도 친절히 대해 주었다. 남자친구 없는 내 생일날, 오빠는 저녁도 사주고 꽃다발까지 선물해 주었다. 그리고 바로 그날 저녁, 나는 오빠의 전화를 받았다. 수영이가 아닌 내가 여자친구였으면 좋겠다는 말과 함께 자기를 만나줄 거냐고 물었다. 가슴이 콩닥콩닥 뛰었다. 나도 모르게 그만, 그러겠다는 대답을 하고 말았다.

그날 밤에는 수영이가 날 절벽에서 밀치는 꿈을 꾸었다. 다음 날 아침에도 '이러면 안 되는데, 이러면 안 되는데' 하는 생각으로 괴로웠지만, 그런 고민은 오래가지 않았다. 오빠의 다정한 목소리를 떠올리자 내 고민은 흔적도 없이 사라져버렸으니까. 다음 날 나는 오빠와 첫 데이트를 했다.

며칠이 지난 후, 아무것도 모르는 수영이는 오빠가 그만 만나자고 한다며 징징거렸다. 난 뭐라고 말해야 할지 몰라 집에 가봐야 한다며 도망쳐버렸다. 그리고는 오빠를 만났다. 마음이 불편하다며 눈물 흘리는 나를 오빠는 가만히 안아주었다. 그리고 사랑은 그 어떤 것으로도 막을 수 없다는 멋있는 말도 해주었다.

따뜻한 오빠 품이 좋았다. 식구들에게 받아보지 못한 사랑을 오빠에게 대신 받는 것 같아 가슴이 찡했다. 껴안은 손에 힘을 꼭 모았다. 오빠의 입술이 눈물 젖은 내 눈 위에 닿았다. 그리고 입술에…. 그 순간 나는 아무 생각도 할 수가 없었다. 가슴이 터질 것처럼 떨리기도 했지만, 주문에 걸릴 것처럼 오빠가 이끄는 대로 따라가고 말았다. 그 일이 얼마나 큰 결과를 불러오게 될지는 전혀 알지 못하고, 바보같이….

얼마 후 오빠와 윤도현 콘서트에 갔다. 웬일로 콘서트에 안 가냐고 묻는 수영이에게는 할머니 생신이라 안 된다고 둘러대며 허둥지둥 교실에서 나왔다. 그런데 그 거짓말이 바로 그날 들통날 줄이야! 콘서트장 앞에서 오빠랑 오징어를 씹으면서 줄을 서 있던 나는 그만 얼어붙고 말았다. 난데없이 맞은편에서 수영이가 우리를 보며 걸어오고 있는 게 아닌가. 수영이의 눈에서 불꽃이 튀었다. 이야기 좀 하자며 팔을 잡는 오빠에게 수영이는 가방을 휘둘러댔다. 줄 서 있던 사람들은 좋은 구경거리를 만났고, 우리는 서둘러 그곳을 빠져나왔다.

수영이는 일주일 동안이나 결석을 하더니, 다시 등교하면서부터는 나에게 눈길조차 주지 않았다. 다른 아이들과 몰려다니기 시작하면서 그 아이들도 내 이야길 들었는지 재수 없다는 표정으로 나를 노려보곤 했다. 나는 친구를 잃었다. 내가 선택한 일이었다. 학교생활은 점점 외롭고 힘겨워졌다.

그런 나를 더 힘들게 한 것은 오빠였다. 다정한 사람이긴 했지만, 사귀고 보니 오빠는 정말 대책 없는 사람이었다. 노는 아이들과 어울려 몇 번 사고를 치고는 고등학교까지 중퇴한 상태였다. 넉넉지 않은 집안의 장남이었는데도 앞날에 대한 계획 같은 건 전혀 없었다. 할인마트에서 일을 하고 있긴 했지만, 그 돈도 친구들과 어울리는 데 거의 다 써버리는 것 같았다.

내 눈에도 한심해 보이는 오빠가 엄마 눈에 곱게 보일 리 없었다. 엄마는 고등학교도 못 나온 남자를 어디에 써먹느냐며 혀를 차더니, 아빠한테 일러바치기 전에 그만 만나라고 경고를 했다. 시간이 지나면서 엄마가 한 말이 자꾸 떠올랐다. 아무리 생각해도 오빠는 내 인생을 믿고 맡길 만한 사람은 아닌 것 같았다. 돈이 좀 생기면 정신 못 차리고 옷이나 사고 춤이나 추러 다니는 오빠를 보면서 짜증이 나기도 했다.

만난 지 석 달쯤 됐을 때 내가 슬슬 연락을 피하기 시작했다. 나는 빨리 돈을 벌어서 잘난 언니나 왕자 같은 오빠보다 부자가 되어 보란 듯이 잘살고 싶은데, 오빠는 나의 그런 욕심을 채워줄 만한 사람이 아닌 것 같았다. 친구까지 배신하며 사귄 남자였지만, 내 인생을 위해 이쯤에서 그만두어야겠다는 결심을 하게 되었다.

오빠는 영문도 모르고 내게 메일을 보내왔다. 왜 연락을 피하냐는 물음이었다. 나는 아무 대답도 하지 않았다. 결국 연락도 끊고 답장도 하지 않았다. 그런 내 태도에 지쳤는지, 오빠도 얼마 후부터는 연락을 끊었다. 그렇게 우리의 짧은 만남은 끝이 났다.

그런데 불장난 같던 사랑의 대가는 그것으로 끝이 아니었다. 오빠랑 헤어지고 나서 조금은 아쉽고 조금은 홀가분한 채로 학교생활에 열중하고 있었는데, 몸에 이상이 생겼다. 석 달씩이나 생리가 없었다. 원래 생리가 규칙적인 편은 아니라 두 달까지는 그냥 넘어갔다. 그런데 석 달째가 되자 조금 불안해졌다. 혹시…. 오빠와 만나면서 세 번쯤 함께 지내기는 했지만, 임신이 이렇게 쉽게 될 리는 없다는 생각에 나는 고개를 저었다. 겨우 세 번인데….

넉 달째 생리가 없자 나는 바로 약국으로 달려갔다. 일부러 버스를 타고 학교랑 집에서 멀리 떨어진 낯선 동네 약국까지 가서 임신진단시약을 사왔다. 언젠가 학교 화장실에 버려져 있는 플라스틱 막대를 본 적이 있다. 그때는 "미쳤어!"라며 욕을 했던 내가 지금 그걸 들고 있다니….

설명에 적힌 대로 따라한 결과물을 들고 난 화장실 바닥에 주저앉아버렸다. 임신이었다. 언젠가 꿈에서 수영이가 날 절벽으로 밀어버렸을 때 들었던 느낌…. 수천 미터 낭떠러지로 떨어지는 기분이었다. 아찔했다. 겁이 났다. 누구라도 붙잡고 울고 싶었지만, 내 곁엔 아무도 없었다. 친한 친구도 없고, 남자친구도 이젠 없다. 오빠 얼굴이 잠깐 스치기는 했지만, 전화를 하고 싶지는 않았다. 책임질 능력이 있는 사람도 아니었고, 이런 일로 만나는 것도 싫었다.

제일 먼저 든 생각은 낙태였다. 학교에서 처음 '낙태계' 얘기를 들었을 때는 한참 욕을 했었는데, 지금 그 아이들이 떠올랐다. 내가 임신했다는 사실을 알면 그 애들은 어떤 표정을 지을까. 수영이는 또 어떤 말을 할까. 동네방네 신나게 떠들어댈지도 모른다. 수영이는 아직 나에 대한 미움을 지우지 못하고 있으니까. 하지만 무엇보다 병원 침대에 올라간다는 것이 두려웠다. 생명을 죽인다는 것도 두려웠고…. 어쩌지, 어쩌지….

그렇게 마음을 정하지 못한 채 시간은 흘러갔고, 배는 자꾸 부풀어 올랐다. 몰래 사온 복대로 배를 꽁꽁 동여매고 다녀서인지 누구도 눈치 채지 못했다. 그러는 동안 8개월에 접어들었고, 학교에서는 친구들이 살쪘다며 놀려댔지만 정작 식구들은 전혀 몰랐다. 원래 나 따위는 신경조차 쓰지 않는 아빠, 늘 일 때문에 지쳐 있는 엄마, 자기 일이 아니면 그 무엇에도 무관심한 언니… 아무도 내 변화를 알아채지 못했다. 천만다행이긴 했지만, 조금 씁쓸했다.

그동안 인터넷을 뒤져 임신과 미혼모에 대한 이야기를 접하게 되었다. 그리고 조심스럽게 한 상담소에 메일을 보냈다. 그곳 상담사 선생님들의 소개로 나 같은 10대 미혼모가 아이를 낳을 수 있는 곳도 알게 되었다. 마침 방학이라 다행이었다. 집에는 학교에서 방학 동안 지방의 식품회사 시설에 실습하러 간다고 거짓말을 하고, 혼자서 광주로 내려갔다.

고속버스 창밖으로 눈이 날리는 게 보였다. 눈물이 났다. 배도 아팠다. 오랫동안 차를 타고 가니까 뱃속의 아기가 불편했나 보다. 내 뱃속에 정말 아기가 자라고 있다는 게 실감이 안 났다. 그래도 가끔 꿈틀꿈틀 움직이는 걸 보면 뭔가 있긴 있는 모양이다. 교실에 앉아 있다가 갑자기 움직이는 아기 때문에 깜짝 놀라 배를 두드리고 꼬집었던 적도 있었다.

'이 멍청한 자식이… 들키면 어쩌려고 이래!'

아기를 원망하며 속으로 욕을 퍼부었던 적도 많았다. 그런데 창밖의 눈을 보고 있으려니 뱃속의 아기가 불쌍하다는 생각이 들었다.

'넌 많고 많은 사람들 중에 왜 하필 내 뱃속으로 들어왔니, 축복받고 사랑받으면서 태어날 수 있는 뱃속도 많을 텐데….'

친절한 상담사 선생님을 따라간 곳은 골목 안에 있는 아담한 2층 집이었다. 문을 들어서니 내 또래의 여자아이들이 수두룩하다. 자세히 보니 모두 배불뚝이들이었다. 그곳에서 아기를 낳고 몸조리를 하고 갈 10대 미혼모들…. 낯선 곳이었지만 모두 같은 처지여서인지 서로 금세 마음을 터놓게 되었다.

간식으로 만들어준 떡볶이도 한 접시 뚝딱 먹고, 저녁밥도 한 그릇 가득 먹어치웠다. 아마 4, 5개월 만에 처음으로 음식을 배불리 먹어본 것 같다. 그동안은 배가 조금이라도 덜 나오게 하려도 밥도 반 공기씩만 먹었으니까. 처음 해본 것이 또 있다. 산부인과에서 뱃속에 있는 아기의 초음파 모습도 봤다. 손가락과 심장도 또렷하게 보였다. 살아 숨 쉬는 생명이 내 안에 분명 있었던 것이다.

광주로 내려오던 날처럼 눈이 스산하게 흩날리던 날, 나는 아기를 낳았다. 차라리 죽는 게 더 쉬울 것 같았다. 여덟 시간이나 계속된 진통은 다시는 생각하고 싶지 않을 만큼 지옥 같았다. 하지만 아기를 품에 안은 순간, 아팠던 기억은 순식간에 다 사라져버렸다. 천사 같은 내 아기… 우리 엄마도 나를 낳았을 때 이런 기분이었을까? 아니야, 아들이 아니라서 울어버렸을지도 몰라.

갑자기 남자친구가 보고 싶어졌다. 아기의 모습에 절반쯤은 오빠의 모습도 들어 있었다. 오빠도 자신의 핏줄이 이 세상에 태어났다는 사실쯤은 알아야 할 것 같았다. 오빠의 휴대폰 번호를 누르다 나는 전화기를 그냥 내려놓았다. 이제 와서 알면 또 무슨 소용인가. 아기는 이제 떠나버릴 텐데…. 진짜 사랑으로 키워줄 수 있는 양부모의 품으로 말이다.

그 집을 떠나오면서 마지막으로 아기를 꼭 안고 말해 주었다. 부디 어디에 가서든 꼭 사랑받으며 살라고, 이 엄마 같은 바보는 되지 말라고….

• 글쓴이 ┃ 전미래(고3)

이건 아기가 움직이는 거야

평일인데도 고속도로에는 차가 많다. 서울을 떠날 때부터 굳어 있던 엄마 얼굴은 여전히 먹구름이다. 운전대에 앉아 있는 엄마 얼굴을 힐끔 훔쳐보고는 다시 차창 밖으로 시선을 돌린다. 졸음이 온다. 그때 옆으로 딱정벌레차가 휙 지나간다. 엄마도 순간 시선을 그 차에 돌리더니 흘깃 백미러로 나를 쳐다본다. 이번에는 내가 고개를 슬며시 돌려버렸다.

어렸을 때부터 우리 집에는 차가 넘쳤다. 그렇다고 우리 아빠가 여느 재벌 회장 같은 건 아니고, 다만 아빠가 중고차 매매업을 했기 때문에 집 앞에 서 있는 차가 수시로 바뀌었다. 하루 건너 한 번씩 바뀌는 날도 있었다. 우리 삼남매는 넓은 장안평 매매센터를 우리 집 차고쯤으로 여기며 살았다.

"아빠, 저기 저 구석에 있는 초록색 차!"

우리가 찜을 하면 그 차는 그날 바로 우리 차가 된다. 물론 사장님의 눈치를 봐가며 아빠가 재주껏 가져오는 일종의 비리였지만, 아빠는 그날 저녁 우리가 원했던 바로 그 차를 집 앞에 대놓고는 어깨를 으쓱거리곤 했다. 우리는 환호성을 질렀고, 그 차를 타고 옆 동네의 자장면집 '만리장성'으로 향하는 시간은 최고로 행복했다.

엄마는 "애들같이 왜 이런 짓을 해요. 이제 그만하세요! 그리고 너희들도 이번이 끝이야, 알았어?" 하면서 사감선생 같은 잔소리를 했지만, 엄마도 그런 드라이브를 싫어했던 건 아니었다. 어떻게 싫을 수가 있겠는가. 가끔 대형차를 몰고 지나가다 동창이라도 만나면, 엄마는 일부러 아빠에게 차를 세우게 하고는 창문을 내린 채 인사를 하지 않았던가. 그러면 엄마 친구는 차를 앞뒤로 훑어보며 부러움에 젖은 눈빛을 보내곤 했다. 분명 학교 다닐 때 엄마보다 쪼끔 우수한 성적 따위로 콧대 높게 으스대던 친구였을 것이다. 아니면, 계란말이나 소시지 같은 엄마 시대의 고급 반찬을 엄마보다 조금 더 자주 싸올 수 있었던 '있는 집' 딸이었을지도 모른다.

오빠는 지프, 엄마는 하얀 세단, 아빠는 까만 대형차, 언니는 스포츠카… 그렇게 자기가 제일 좋아하는 차들을 점찍을 때 나는 딱정벌레차를 꼽았다. 어쩜 그렇게 귀여울 수 있는지… 언젠가는 꼭 타고 말겠다는 꿈은 아직도 변함이 없다.

서울을 떠난 지 꼭 한 시간 만에 엄마가 입을 열었다.
"배고프지? 휴게소 표시 나오니까 거기서 쉬었다 가자. 화장실도 가고."

그러고 보니 정말 화장실이 가고 싶다. 예전에는 오줌 잘 참기로 유명한 나였는데, 요즘은 거의 한 시간 간격으로 화장실을 들락거린다. 원래 그런 법이라나? 임신 말기가 되어 아기가 커지면 방광이 눌려 화장실을 자주 가게 되는 거란다. 아까 집에서 출발할 때 엄마한테 들은 말이다. 엄마는 또 언제 장롱 구석에서 찾아냈는지, 할머니가 털실로 짜주신 두툼한 덧버선을 꺼내 와서는 다 챙긴 짐 가방에 꾸역꾸역 끼워 넣으며 말했다.
"아기 낳고는 발을 뜨뜻하게 해야 돼."

엄마는 그 옛날 나를 낳았던 기억을 하나하나 더듬어보는 모양이다. 잠시 후 엄마는 휴게소로 들어섰고, 난 화장실에 들러 두 몫의 물을 빼냈다.

광주까지 가려면 아직 두 시간 반이나 남았다.

아빠 고향은 포천, 엄마 고향은 수원이다. 전라도 광주는 나에게 너무나 낯선 곳인데, 난 지금 그곳으로 가고 있다. 하긴 내 뱃속에 생명이 자라고 있다는 사실도 낯설긴 마찬가지다. 결혼은커녕 아직 고등학교도 졸업하지 못한 미성년자가 아기를 낳으러 엄마 손을 잡고 '미혼모의 집'을 찾아가는 건 또 얼마나 낯선 일인가.

2학기가 막 시작됐을 때였다.

체육시간이었다. 아직 뜨거운 늦여름의 열기가 남아 있는 운동장을 한 바퀴 돌고, 두 바퀴째 도는데 갑자기 머리가 핑 돌았다. 나는 그만 그 자리에 주저앉아버렸다. 점심 먹은 것이 체했는지 속도 메슥거리는 데다 한낮의 운동장을 뛰어서인지 어지럽기까지 했던 것이다. 잠깐 그늘에 앉아 쉬고 있는데 뱃속이 꾸르륵거렸다. 갑자기 겁이 덜컥 났다. 또 장염인가?

1년 전, 고등학교에 올라오자마자 나는 장염 때문에 한 달이나 고생을 했다. 얼마나 아프던지 눈물이 줄줄 나왔고, 다 앓고 나니 5킬로그램이나 살이 빠져 있었다. 그때 하도 심하게 앓아서 음식도 조심해서 먹곤 했는데, 요즘 부쩍 식욕이 생겨 길거리 튀김부터 순대까지 닥치는 대로 먹었더니 또 탈이 났나 싶어 걱정이 됐다.

선생님은 방학 동안 살만 뒤룩뒤룩 찌고 몸은 약골이 됐다면서 걱정 반 핀잔 반의 잔소리와 함께 조퇴를 허락해 주었다. 나는 축 늘어진 몸으로 집에 왔다. 보험설계사 일을 하는 엄마는 마침 집에 있었다.

"어, 엄마 있었네?"

"왜 벌써 와? 학교 벌써 끝났어?"

"아니, 엄마, 나 아파."

"왜? 어디가 아파? 또 장염 아니야?"

"그런가 봐. 열도 나고 배도 아파."

"어서 병원 가봐, 빨리! 참, 보험 카드 줄게."

"엄마는? 엄마는 같이 안 가? 나 혼자 가라고?"

"그래, 같이 가자. 약속이 있긴 한데… 미루지 뭐. 얘, 근데 또 장염이면 어쩌니?"

엄마는 서둘러 보험증을 챙겨 나와서는 나를 차에 태우고 병원으로 향했다. 엄마가 전화하는 소리를 들으니, 아마 고객과 약속이 있었던 모양이다. 조금 후회가 됐다. 병원쯤이야 나 혼자 가도 되는데, 괜히 어리광을 부렸나 보다. 하지만 난 그때까지 한 번도 혼자서 병원에 가본 적이 없었다. 언제나 엄마가 함께 가주었으니까.

병원에 들어서니 마침 손님은 많지 않았다. 작년에 하도 들락거리느라 친해져버린 간호사 언니랑 의사 선생님이 반갑게 맞아주었다.

"오랜만이네. 반갑긴 한데, 병원에서 만나는 건 반가운 거 아니지?"

어디가 아프냐는 질문에 나는 자세히 증세들을 설명했다.

"속이 울렁거리기도 하고요. 장이 꿈틀거리면서 좀 아픈 거 같아요. 작년에 아팠던 것처럼 또 그렇게 아프면 어쩌나 싶어서요."

내 설명을 들으며 윗옷을 들어 올리던 간호사 언니가 내 배를 보더니 멈칫했다. 선생님도 놀라는 표정으로 나를 쳐다보았다. 나는 민망해져서 서둘러 변명을 하며 웃어넘기려 했다.

"살이 많이 쪘죠?"

하지만 선생님은 웃지 않았다. 굳은 표정으로 여기저기 청진기를 대보던 선생님이 대뜸 물었다.

"생리는 언제 끝났지?"

"네?"

난 건너편 의자에 앉아 있던 엄마 얼굴을 쳐다보았다. 아무리 의사 선생님이라지만 생리라는 말을 들으니 갑자기 쑥스러워졌기 때문이다.

"자주 안 해요."

선생님은 다시 다그쳐 물었다.

"최근에 한 게 언제야?"

"네? 그게… 몇 달 된 거 같은데….'"

나를 물끄러미 바라보던 선생님은 내가 어리둥절한 표정을 짓자, 간호사 언니에게 뭔가를 가져오라고 했다. 잠시 후 선생님은 간호사 언니가 가져온 플라스틱 통을 주며 소변을 받아오라고 했다. 나는 그 통을 들고 문을 나서며 엄마를 쳐다보았다. 엄마 표정이 불안해 보였다. 뭔가를 확인하려는 듯 내 눈을 똑바로 쳐다보는 엄마에게 나는 어떤 표정도 지을 수가 없었다. 그저 불편하고 긴장된 방안의 분위기가 어색하기만 했다.

소변 받은 통을 간호사 언니에게 건네주고, 나는 엄마와 대기실에 나란히 앉았다. 엄마가 조용히 내게 물었다.

"생리를 그렇게 오래 안 했어?"

"응… 근데 작년에 아플 때도 한참 안 했잖아."

"너… 혹시….'

그때 진찰실 문이 열리고 간호사 언니가 내 이름을 불렀다. 따라 들어오던 엄마에게 간호사 언니는 잠깐 바깥에 계시라고 했지만, 엄마는 아무 말도 안 들리는 것처럼 진찰실 안으로 들어섰다. 의사 선생님은 내게 괜찮겠느냐고 물었고, 난 고개를 끄덕였다. 하지만 가슴은 점점 더 큰 소리를 내며 뛰고 있었다. 설마, 설마, 설마… 설마 그때 그 일이….

"저… 뭐라고 말씀드려야 할지 모르겠네요. 정희… 혹시 뭐 얘기해 줄 거 없니? 정희, 남자친구 있어?"

나는 고개를 저었다. 목소리가 입 밖으로 나오지 않았다.

"저… 음… 임신인 것 같은데….'

엄마는 비명처럼 날카로운 소리를 내질렀다.

"네? 아닐 거예요. 뭐가 잘못된 게 아닌가요? 어떻게 그럴 수 있어요. 어떻게 그런 일이…."

선생님은 더욱 차분한 목소리로 이것저것을 물었다. 남자와 성관계를 한 적은 있는지, 있으면 언제 했는지, 상태로 봐서는 아기가 꽤 큰 것 같은데 언제 마지막 생리를 했는지…. 그리고 내가 장이 꿈틀거리고 속이 메슥거린다고 했던 건 아기가 움직이는 것일지 모르니 산부인과에 가서 진찰을 받아보는 것이 좋겠다고 했다. 차마 듣고 싶지 않은 말들을 나는 꼼짝없이 그 자리에서 고스란히 들어야 했다.

엄마는 화를 벌컥 내며 내 손을 잡아끌고 진찰실을 나섰다. 그리고 날 태우고는 사고라도 낼 것처럼 급하게 차를 몰았다. 엄마는 어느 산부인과 주차장에 차를 세운 다음, 내 어깨를 돌려 내 눈을 똑바로 바라보며 물었다. 대체 무슨 일이 있었느냐고….

나는 모든 것을 말할 수밖에 없었다. 한때 내 남자친구였던 상훈이와 내게 있었던 일을…. 하지만 단 몇 번뿐이었고, 그때 콘돔까지 사용했다는 말도 했다. 엄마는 운전대에 얼굴을 묻고 엉엉 소리 내어 울었다. 나는 아무 소리도 내지 못하고 눈물만 흘렸다. 정말 내가 임신이라도 했단 말인가?

산부인과에서 검사를 받은 결과, 임신이라고 했다. 그것도 7개월이 넘은 것 같단다. 내가 마지막 생리라고 느꼈던 것은 생리가 아니라 그냥 피가 잠깐 비친 것이었을 거라는 말도 들었다. 콘돔을 사용하더라도 잘못되는 경우가 많다고 한다. 관계를 하다가 콘돔을 사용할 경우 이미 들어갔을 수도 있고, 어떤 경우에는 삽입하지도 않았는데 정액이 몸속으로 흘러들어가는 바람에 임신이 된 경우도 있다고 한다. 처음 듣는 말이었다. 이런 종류의 얘기를 들어보는 것도 처음인 것 같다. 왜 아무도 내게 이런 말을 해주지 않았을까….

하지만 그런 투정을 하고 있을 여유가 없었다. 의사 선생님은 이미 아기가 너무 자라서 낙태를 하는 것은 불법일 뿐더러 산모에게 아주 위험한 일이라고 했다. '산모'…, 그 낯선 말은 나를 가리키는 말이었다. 엉겁결에 산모가 된 나는 그 자리에 앉아 차라리 조금 더 참고 고생해서 낳는 게 훨씬 나을 것이라는 말을 멍하니 들어야 했다. 어린 나이라 회복도 빠르고 후유증도 없을 거라는 위로의 말까지….

일은 그렇게 됐고, 두 달이 더 지난 지금 난 광주에 있는 '미혼모의 쉼터'라는 곳에 아기를 낳으러 가는 길이다. 그 사이에 얼마나 많은 일이 있었는지….

엄마는 상훈이는 물론이고 상훈이 엄마까지 만났다. 아예 일찌감치 결혼을 시켜버릴 생각도 했던가 보다. 하지만 당황하며 나온 상훈이에게는 이미 다른 여자친구가 있다는 것을 확인했을 뿐 아니라, 펄쩍 뛰는 상훈이 엄마에게서는 이게 상훈이 아이인지 어떻게 아냐는 모욕적인 말까지 들어야 했다. 그리고 찾아낸 것이 대한사회복지회 산하의 미혼모 쉼터였고, 거기서 조용히 아기를 낳을 수 있다는 것을 알게 됐다.

우동 두 그릇에 김밥까지 한 줄 시켜서 마주앉은 우리는 아무 말 없이 그 음식들을 비워냈다. 내가 국물까지 후루룩 마시고 있을 때, 엄마가 갑자기 말을 꺼냈다.

"내가 키워줄까?"

"…."

"내가 입양한 걸로 해서 우리가 키울까? 아빠 호적에 올리면 되니까."

어쩌면 엄마는 서울에서부터 내려오는 내내 그 생각을 하고 있었는지 모른다. 우동 국물은 그렇게 뜨겁지 않았지만 갑자기 목구멍이 뜨거워졌다. 난 고개를 저었다. 그리고 빈 그릇을 들고 일어서버렸다.

난 결코 그런 결정을 내릴 수 없다. 엄마에게 큰 짐을 하나 더 떠맡길 수 없다. 결혼도 안 한 어린 딸의 임신, 의사 앞에서의 망신, 딸의 어린 남자친구와 그 어머니란 사람으로부터 받은 수모, 아빠와 주위 사람들에게 이 모든 것을 숨기느라 마음 졸이며 고생하면서도 내 몸 상한다고 임산부 영양제와 음식을 챙겨주던 일…. 지난 몇 달 동안 엄마에게 못 보일 꼴 다 보이고, 엄마가 겪지 않아도 될 수모까지 다 겪게 했는데… 지금까지의 불효만으로도 충분하다. 밤이면 잠 못 들고 거실에서 서성이는 엄마 발소리를 여러 번 들었다. 두통약을 상습적으로 복용하고 있는 것도 알고 있었다.

엄마가 그렇게 강한 사람이라는 것을 난 이번에 처음 알았다. 아빠의 사업이 잘못된 이후 보험설계사를 한다고 직업 전선에 뛰어들었을 때도 느끼지 못했던 사실이다. 아니, 어쩌면 엄마라는 사람은 이렇게 강한 존재인지도 모른다. 나도 이제 곧 한 생명의 엄마가 된다. 비록 내가 키울 수는 없지만, 내 몸에 생명을 키우고 낳은 이상 나도 누군가의 엄마가 되는 것이다.

평생을 못 만나고 살지도 모르지만, 길에서 스쳐도 얼굴도 못 알아보는 관계가 될지도 모르지만, 난 강해져야 한다. 내가 낳은 아기가 이 세상 어디에서 나를 부르더라도 달려가 도움을 줄 수 있을 만큼 강해져야 한다. 나를 지켜준 우리 엄마를 부끄럽지 않게 하기 위해서라도 난 강해져야 한다. 당당하게 내 자신을 지킬 줄 아는 강한 사람이 되어야 한다. 그것이 엄마와 뱃속의 아기에게 내 미안함을 씻는 길일 것이다.

뱃속의 아기가 발길질을 한다. 내 마음의 소리를 들었나 보다. 우리는 하나니까…. 갑자기 용기가 생긴다. 아기 낳는 일도 그렇게 겁나지 않는다. 그 자리에서도 엄마는 내 옆에 있어줄 테니까.

"불편한 데 없지? 쿠션 잘 받쳤고? 두 시간쯤 남았으니까 눈 좀 붙여."

네, 엄마, 걱정 마세요. 잘해낼게요. 지금까지 불효했던 것 다 잊을 만큼, 저… 잘해낼게요.

· 글쓴이 | 명정희(고1)

미혼모 엄마와 그 길을 걷는 나

나는 엄마의 얼굴을 기억하지 못한다.

아니, 머릿속에 남아 있는 얼굴이 있긴 하다. 사진으로 수도 없이 보아온 20대 초반의 앳된 얼굴…. 엄마는 사진 속에서 환하게 웃고 있다. 그렇게 엄마는 내게 젊고 해맑은 모습으로만 남아 있다. 단지 그뿐이다. 엄마의 냄새, 엄마의 목소리, 엄마의 손길… 어머니로서의 어떤 것도 내 기억에는 없다. 나는 어쩌면 엄마의 목숨과 맞바꾼 생명인지도 모른다. 엄마는 내가 태어난 다음 해에 뇌암으로 돌아가셨다.

엄마는 미혼모였다. 아버지와 엄마는 아직 결혼을 하지 않은 상태에서 나를 낳았다. 그러다 엄마가 그만 병에 걸려 돌아가시고 아버지는 아직 돌도 안 된 나를 혼자 키우게 된 것이다.

심청이를 안고 젖동냥을 다닌 심봉사처럼 젖먹이인 나를 안고 졸지에 이집 저집의 도움을 받아야 했던 아버지는 모진 생각을 했다고 한다. 차라리 입양을 보내는 것이 아기를 위해서도 좋은 길이 아닐까 생각했다는 것이다. 내 인생의 갈림길이 바로 거기에 있었다.

하지만 나는 입양되지 않고 아버지의 딸로 남게 되었다. 할머니를 비롯하여 친척들이 절대 안 된다며 반대했기 때문이다. 어른들은 생활에 대한 걱정보다는 '우리 핏줄'인데 남의 집에 보낼 수 없다는 생각이 더 강했던 모양이다. 나는 지금도 그 부분에 대해서 분노를 느낀다. 그렇게 귀한 핏줄이었다면, 남의 집에 보낼 수도 없이 소중한 내 핏줄이었다면 그만큼 귀하게 키워야 할 것이 아닌가! 비싼 밥 비싼 옷 입혀서 키워달라는 게 아니다. 최소한 내가 중요한 존재라는 생각만이라도 들게 사랑을 줬어야 한다는 말이다.

지금도 내 생각은 변함이 없다. 차라리 그때 입양이 됐더라면 상처투성이인 어린 시절을 보내지는 않았을 텐데…. 나는 어디에 있든 군식구 취급을 받았다. 할머니 집, 큰집, 고모 집을 오가며 살아야 했던 나는 마치 섞이지 못한 기름이나 남아도는 찬밥처럼 누구도 날 반기지 않았고, 아무도 날 사랑해 주지 않았다. 아버지라는 사람마저 나를 당신에게 붙은 거추장스러운 혹 취급을 했다.

어린 시절의 기억은 내게 너무나 씁쓸하게 남아 있다. 그토록 지우고 싶은데도 지워지지 않고 끈적거리며 기억의 밑바닥에 붙어 있다. 아직도 나는 꿈속에서 큰엄마에게 맞는 꿈을 꾸며 울면서 깨곤 한다.

큰엄마는 지갑이 없어졌다며 나를 매질했었다. 그 집 막내가 몰래 가져가는 것을 내가 봤는데, 그 말을 했다고 나를 더 때렸다. 죄 없는 자기 자식을 모함한다며 나에게 온갖 험한 말을 퍼부었다. 어미 없이, 본데없이 자라 못된 것만 배웠다는 말까지 해가면서….

고모는 매질은 하지 않았다. 하지만 집안에 떠도는 나를 향한 불만의 분위기는 금세 알 수 있었다. 넉넉지 않은 고모 집 형편에 어린 계집이라도 객식구는 부담이 되었을 것이다. 같은 반이던 고모 딸과 나는 점심시간이 되면 될 수 있는 대로 멀찌감치 떨어져 밥을 먹었다. 그 애의 도시락에는 계란과 소시지, 장조림 같은 반찬들이 가득했지만, 내 도시락에는 언제나 국물 흐르는 김치와 콩자반뿐이었다. 그걸 알게 된 이후, 난 내 눈에 그 애의 도시락이 들어오지 않도록 고개를 푹 숙이고 밥 먹는 게 버릇이 되었다. 어쩌다 설움이 복받치는 날엔 눈물 한 방울이 도시락 위에 짭짜름하게 떨어지기도 했다.

할머니는 한쪽 다리가 불편하셨다. 몸이 불편해서인지 신경질이 많았다. 할머니 집에 있을 때면 하루 종일 잔소리를 들어야 했다. 자식들에 대한 불평과 신경질을 모조리 받아내야 했다. 몸이 편하지 않으니 온갖 잡일들도 모두 내 차지였다. 밥을 하고, 설거지를 하고, 빨래를 하고, 마당을 쓰는 일들이 모두 내 일과였다. 동네 아이들이 같이 놀자며 찾아오면, 그 아이들에게 물을 뿌리며 오지 못하게 했다. 나에게 친구가 생길 틈조차 주지 않았다. 돈을 벌기 위해 외국으로 떠돌던 아버지는 애초부터 나를 키울 생각은 없었던 것 같다. 할머니 때문에 나를 키우게 됐으니 할머니 자식쯤으로 여기는 모양이었다. 내가 초등학교 때 결혼한 아버지는 나를 데려가지도 않았고, 날 보러 오지도 않았다. 나는 더 이상 아버지의 자식이 아니었다.

마지못해 이집 저집을 전전하며 보내던 어린 시절이 지나고, 고등학교에 입학한 지 얼마 되지 않아 나는 집을 나와버렸다. 이제는 내 힘으로 살아갈 수 있는 나이였다. 무슨 일을 한들 내 한 몸 책임지지 못할까 싶었다. 하지만 바깥세상은 만만치 않았다. 친구가 사는 쪽방에 들어가 잠을 자곤 했는데, 그것도 여의치 않으면 큰 건물 화장실에 들어가 잠을 청하기도 했다.
추운 겨울에 발을 동동 구르며 주유소에서 일하기도 했고, 식당에서 음식 나르는 일도 했다. 그러나 티켓다방이라는 곳에 잠시 들어가기도 했다. 친구 중에 한 아이가 티켓다방 일을 했는데, 월급이 많다며 소개를 해주었다. 월급이 많다는 말에 솔

깃하여 취직을 했지만, 차마 견뎌낼 수 없을 것 같아 한 달 만에 나왔다. 거기서 일하는 아이들은 말 그대로 티켓을 끊어서 손님들과 잠자리까지 한다. 처음부터 그런 것은 아니고, 어느 정도 시간이 지나면 그런 일을 시키는 것 같았다.

그곳의 아이들은 대부분 열다섯에서 열일곱 살 정도였는데, 화장이나 옷차림을 보면 도저히 내 또래 같아 보이지 않았다. 술과 담배는 보통이고, 돈을 많이 벌어서인지 씀씀이도 굉장히 컸다. 화장품이나 옷가지에 돈을 쉽게 쓰고, 술을 마셔도 통 크게 마셨다. 그중에 어떤 아이는 초등학교에 다닐 때부터 다방에 나왔다고 했다. 이미 몸에 밴 생활습관 때문에 그 아이들은 그곳을 쉽게 떠나지 못했고, 그다지 나쁘게 생각하지도 않는 것 같았다. 쉽게 벌고 쉽게 썼다. 하지만 난 그렇게 살고 싶지 않았다. 그 분위기에 물들고 싶지 않았다. 결국 나는 다시 쪽잠을 자며 아르바이트를 전전해야 하는 신세가 되었다.

호프집에 취직해 일을 하고 있을 때였다. 어느 날 젊은 남자 둘이 와서 술을 마셨고, 어쩌다 옆에 앉아 말동무가 됐던 나는 다시 만날 약속을 하게 됐다. 나보다 다섯 살이나 많은 오빠들이었다. 내 친구까지 합세해 우리 네 명은 자주 어울렸고, 충무 바닷가로 놀러 가기도 했다. 처음부터 나를 마음에 두고 있던 한 오빠가 그 여행에서 느닷없이 내게 프러포즈를 했다. 나랑 살고 싶다고 했다. 만난 지 한 달도 안 된 나에 대해 뭘 안다고 그런 말을 쉽게 할까 싶었지만, 그 말이 싫지는 않았다. 나랑 살고 싶다고 말하는 사람은 세상에 태어나 처음 만났다. 모두들 나랑 살기 싫어 눈총만 주었는데….

오빠는 대구에 있는 자기 집에도 날 데려갔다. 부모님도 나를 친절히 대해 주었다. 그리고 난 얼마 후 그 집에 들어가 살게 되었다. 나는 그때 겨우 열일곱 살이었지만, 오빠는 부모님에게 나를 스무 살이라고 속이고는 함께 살게 해달라고 했던 것이다. 비록 결혼식은 올리지 않았지만, 우리는 부모님의 동의하에 동거를 하게 되었다. 아니, 내겐 그냥 부부생활이었다. 시부모님을 모시고 남편과 함께 사는 결혼생활….

오빠를 사랑했느냐고 물으면, 글쎄… 잘 모르겠다. 어쩌면 사랑은 아니었을지 모른다. 안 보면 보고 싶어 죽을 만큼 오빠가 사무치게 좋은 적은 없었다. 하지만 오빠가 나 없으면 못 산다며 날 필요로 했다. 같이 살지 않으려고 했지만, 나 없이는 하루도 못 견딘다며 죽자사자 나를 따라다녔고, 난 그 정성에 그냥 따랐던 것 같다.

사랑이 뭘까? 난 아직 사랑이란 걸 해보지 못했다. 가슴이 저리다는 사랑이란 것을 해보지 못해 아쉬움도 많았지만, 그토록 잘해 주고 날 그토록 원하는 사람을 뿌리칠 수는 없었다. 그리고 무엇보다도 난생 처음 맛보는 따뜻한 대접이 날 약하게 만

들었다.

오빠 집에 들어가서 살 때도 식구들은 날 따뜻하게 대해 주었다. 어머니는 날 친딸처럼 대했다. 목욕을 하러 가거나 쇼핑을 갈 때도 내게 함께 가자고 했다. 외출했다 들어올 때면 예쁜 머리핀이나 티셔츠 같은 것을 사가지고 들어와 요란스레 나를 찾기도 했다. 그리고 그 자리에서 당신이 사온 옷을 입히거나 핀을 꽂아주면서 예쁘다는 말과 함께 행복한 얼굴로 내게 웃어 주었다. 아마 딸이 없어서 그런 기쁨을 못 누리다 나를 통해 누리는 게 즐거우신 모양이었다. 오빠의 아버지도 내게 잘해 주었다. 퇴근해 들어올 때면 오렌지나 딸기, 붕어빵이나 아이스크림 같은 간식거리를 늘 손에 들고 와서 내 앞에 내놓았다. 언제나 등 뒤에 봉투를 감추고는 뭔지 알아맞히라는 장난도 잊지 않았다. 남동생도 한 명 있었는데, 운동부라 합숙 때문에 집에 없는 날이 많았다. 그래도 가끔 집에 올 때면 나를 스스럼없이 대해 주었다.

나는 뒤늦게 '가정'이라는 단어의 뜻을 알 것 같았다. 이것이 가정이구나, 이것이 집이구나, 이것이 사랑이구나… 어머니와 아버지의 역할, 서로 아끼고 염려해 주는 가족들의 사랑… 이런 것들을 알게 해준 오빠에게 새삼 고맙다는 생각이 들기도 했다. 가끔은 내게 맞지 않는 옷인 듯한 어색한 기분이 들기도 했지만, 나는 편안한 이 가족과의 생활에 서서히 젖어들고 있었다.

그런데 그런 꿈같은 행복은 영원히 지속될 수 없었나 보다. 대학에 복학한 오빠는 학교생활로 바빠졌고, 점점 내게 소홀해졌다. 나는 아버지와 어머니를 보고 사는 게 아닌데, 어떤 때는 마치 오빠가 손님이고 내가 이 집 식구인 것처럼 느껴지기도 했다. 남자들은 '내 여자'로 확신이 생기면 마음이 달라진다더니, 오빠도 그런 게 아닌지 의심스러웠다.

나를 죽어라 쫓아다니고 내가 원하는 것이라면 뭐든지 해주던 오빠의 모습은 더 이상 찾아볼 수 없었다. 나와 있는 시간에도 오빠는 컴퓨터 앞에 앉아 다른 여자들이랑 채팅을 했다. 물론 나 몰래 하는 건 아니고, 내게도 보여주면서 낄낄거렸지만 기분이 나빴다. 그러다 결정적인 순간이 왔다. 오빠가 다른 여자와 만나는 걸 내가 알게 된 것이다.

잠이 든 오빠 휴대폰을 무심코 열어봤는데 미처 지우지 않은 메시지가 남아 있었다. 여자가 보낸 것이었다.

아까 오빠와 함께 있었던 시간이 꿈만 같았어요….

머리카락이 쭈뼛쭈뼛 섰다. 오빠를 깨우고 그 문자를 들이댔지만, 오빠는 별로 놀라는 기색도 없이 "뭐 그딴 걸로 깨우고 난리야!"라며 짜증을 냈다. 기가 막혔다. 내게는 어제 군대 가는 후배 환송회를 해줬다고 거짓말을 하고 여자를 만난 것인데, 어떻게 이리도 당당할 수 있는지 말이 안 나왔다. 오빠는 환송회에 나왔던 여자후배가 그냥 메시지를 보낸 거라고 했다. 그리고는 나와는 말이 안 통한다며 돌아누웠다.

　오빠는 하지 말아야 할 말을 해버린 것이다. 그동안 난 늘 마음이 불편했다. 오빠가 대학생활 얘기를 할 때 나는 맞장구 칠 수가 없었다. 동아리가 어떻다느니, 리포트가 어떻다느니 얘기할 때도 난 매번 무슨 말인지 몰라 물어보고, 또 물어보곤 했다. 처음에는 친절하게 가르쳐주던 오빠도 나중에는 귀찮아했다. 그리고 어떤 때는 그것도 모르냐는 식으로 짜증을 내기 시작하더니, 무슨 이야기를 꺼냈다가도 "아, 너한테 말해 봤자 알리가 없지."라면서 말을 접어버리기도 했다. 그럴 때 얼마나 자존심이 상했는지 오빠는 알까? 마지막 남은 자존심을 지키고 싶어서 자존심 상한다는 티도 안 냈던 건데….

　그 이후, 가족들의 따뜻함과 상관없이 내 마음은 식어갔다. 그리고 오빠는 정말 다른 여자를 만나게 됐다. 처음에는 그냥 이야기나 나누는 상대라고 했지만, 나중에는 실토를 했다. 그 후배가 너무나 따르는 바람에 관계까지 가졌노라고….

　나는 그 집을 나왔고, 다시 혼자가 되었다. 세상에 혼자 버려진 존재라는 것을 다시 한 번 확인한 것이다. 오빠의 부모님은 오빠를 나무라고 나를 위로했지만, 굳이 나를 붙잡지는 않았다. 내 아버지도, 내 가족들도 나를 버렸는데 누굴 믿겠다고 따라나섰는지… 바보 같은 내 자신이 한심스러웠다.

그런데 오빠 집을 나오고 얼마 되지 않아 나는 이상한 기미를 느꼈다. 생리도 없고 헛구역질도 했다. 임신이었다. 언제나 조마조마했었는데 결국 현실로 닥쳐온 것이다.

오빠는 콘돔을 별로 좋아하지 않았다. 내가 불안하다고 해도 자기가 조심하겠다며 잘 안 쓰곤 했다. 그렇다고 여자인 내가 미리 사놓는 것도 이상하고, 약국에서 달라고 말하기도 쑥스러워 어쩔 수 없이 따르고 말 때가 많았다. 그리고 사실, 관계 도중에 생각날 때도 있었지만 굳이 말하기도 어려웠다.

배란기 즈음에 관계를 가졌을 때면 다음 생리를 할 때까지 불안한 마음이 가시지 않았다. 그러다 생리가 나오면 '휴우~' 하고 안도의 한숨을 내쉬었던 적이 한두 번이 아니다. 새로 나왔다는 사후피임약을 먹어본 적도 있었다. 효과가 있는 건지 원래 임신을 안 했던 건지 알 수는 없지만, 다행히 임신을 한 적은 없었다. 그렇다고 매번 사먹게 되지도 않았는데, 결국 이렇게 나무에서 떨어지는 날이 오고 만 것이다.

가슴이 답답했다. 제일 먼저 사진 속의 엄마 얼굴이 떠올랐다. 결혼도 안 한 몸으로 임신을 하게 되었을 때 엄마의 마음은 어땠을까. 하지만 그래도 엄마 옆에는 사랑하는 남자가 있었으니 나와는 다른 상황이다. 엄마는 사랑하는 이와의 장래를 기대하며 뱃속에 있는 나를 소중하게 길렀고 낳았을 것이다. 엄마가 부러웠다.

어떻게 해야 할까…. 아이를 지울 수는 없었다. 이미 내 안에 주어진 생명이었다. 이 생명을 지켜야 할 의무가 나에겐 있는 것이다. 하지만 이 아기를 빌미로 오빠에게 매달릴 생각은 추호도 없었다. 사랑이 깨진 불행한 가정에서 아기를 키우기보다는, 친부모는 아니라도 사랑이 가득한 환경에서 자라는 것이 아기를 위해서도 낫겠다 싶어 입양을 결심했다.

내가 만약 핏덩이였을 때 아버지의 첫 결심처럼 입양이 됐더라면, 나는 아마 지금보다 훨씬 행복한 삶을 살 수 있었을지 모른다. 훗날 친자식이 아니라는 사실을 알고 힘들 수는 있겠지만, 그것은 어느 정도 자란 후의 일일 테니까. 최소한, 아기를 간절히 원해서 입양해 가는 사람들이라면 그 아기를 사랑 속에 키워주지 않을까? 아무것도 모르는 어린 시기에 사랑받지 못하며 자라는 불행은 겪지 않겠지?

나는 열 달 동안 뱃속의 아기를 키웠다. 그리고 출산 직전에 오빠와 그의 어머니에게 사실을 알리고 아기를 낳았다. 오빠의 이마를 꼭 닮은 그 아기는 지금 입양을 기다리고 있다. 키울 능력도 없는 주제에 낳은 것이 너무도 미안하다. 그래도 정 때문에 내가 데리고 있는 것보다는 더 잘 키워줄 수 있는 양부모에게 가는 것이 아기를 위해 훨씬 행복한 길일 거라 믿는다. 내 경험을 통해서….

　훗날 우리 아기가 내게 묻는다면 말할 것이다. 준비도 안 된 채 태어나게 해서 미안하다고…하지만 나 같은 불행한 어린 시절을 겪게 하고 싶지 않아 입양을 결정했다고…. 그것이 혹 나를 위한 변명이 되지 않기를… 나는 간절히 바란다.

• 글쓴이 ｜ 오지영(고2)

잠시만 맡아주세요

아침부터 눈이 내린다. 올 겨울에는 유난히 눈이 많이 내린다. 벌써 사흘째 눈이 오락가락한다. 하지만 오늘은 마음을 단단히 먹고 외출 준비를 했다. 어제도 '눈이 그치면 가야지' 하고 있다 하루를 또 넘기고 말았다. 이렇게 미룰 수만은 없는 일이니, 오늘은 비가 오든 눈이 오든 길을 나서야 했다. 창밖을 멍하니 바라보았다. 차라리 더 많이 내리지, 문밖을 나설 수도 없게… 우리 아가랑 오래오래 같이 있을 수 있게….

기쁨이한테 내복을 하나 더 입히고 담요로 꽁꽁 싼 후 집을 나섰다. 잠자는 아기를 깨우기 싫어서 가만 들여다보고만 있었더니, 벌써 시간이 많이 늦었다. 광주까지 가려면 한참 걸릴 텐데…. 기쁨이는 엄마 맘을 아는지 모르는지 버스에서도 잠만 잤다. 몇 번이나 볼에 입을 맞추었지만, 아기는 아무것도 모른 채 편안히 잠들어 있었다. 이제 한동안 이 부드러운 살결과 달콤한 냄새가 내 곁에 없을 것이라 생각하자 또 서러움이 복받쳐왔다.

'기쁨아, 조금만 참자. 우리, 조금만….'

대한사회복지회 사무실에 도착하자 낯익은 사회복지사 선생님들이 반갑게 맞아주셨다.

"눈길에 고생했겠네. 아유~ 어디 보자, 기쁨이. 많이 컸구나."

"얘 좀 봐, 코도 오똑해지고 더 예뻐졌어요."

"어디, 우리 미스코리아! 어디 좀 안아볼까?"

선생님 손에 기쁨이를 건네자 아이는 바로 울음을 터뜨린다. 그새 낯을 가리게 된 모양이다. 기쁨이를 며칠 돌봐주었던 보육사 선생님이 달려와 안았는데도 아기는 여전히 울음을 그치지 않았다.

"기쁨아, 나 벌써 잊어버렸어? 섭섭하다."

태어나자마자 며칠 맡아주었던 분인데, 이제 낯설어진 모양이다. 겨우 한 달이 지났을 뿐인데 말이다. 우리가 다시 만났을 때도 기쁨이는 나를 낯설어 하겠지? 이렇게 마음 아프게 떼어놓고 간 엄마인지도 모르고….

한 달 전, 나는 이곳에서 아기를 낳았다. 식구들의 반대 속에 아기를 낳느라 집에도 있을 수 없어 미혼모의 쉼터에서 묵었다. 처음 임신을 알았을 때는 얼마나 당황했는지 모른다. 그래도 참 행복했다. 내가 사랑하는 사람의 아이를 가졌다는 것이 그렇게 행복한 일인 줄 몰랐다. 오빠도 내 손을 꼭 잡고 고맙다는 말을 했다. 자기 아기를 가져주어서 고맙다고….

우리는 아직 결혼을 한 사이가 아니다. 난 이제 막 고등학교를 졸업했을 뿐이고, 오빠는 지난봄 입대한 군인의 신분이다. 아직 가정을 꾸리기에는 이른데, 떡 하니 아기가 생기고 만 것이다. 함께 있을 수 없다는 것이 속상하긴 했지만, 그래도 우리는 아기가 생겼다는 것이 너무 기뻤다. 난 매일 뱃속의 아기를 느끼며 오빠의 빈자리를 채웠다.

그런데 가족들의 생각은 우리와 달랐다. 제대 날짜도 멀었는데 어떻게 혼자 키우겠냐며 아기를 지우라는 것이다. 말도 안되는 소리였다. 난 버럭 화를 냈다. 행여 뱃속의 아기가 듣기라도 했을까 봐 겁이 났다. 어떻게 생명을 없앨 생각을 할 수 있을까. 아무렇지도 않게 그런 말을 하는 엄마나 언니들의 마음을 이해할 수 없었다. 더구나 자기 아이까지 낳아본 사람들이 말이다.

성폭행이라도 당해 가지게 된 아이라면 몰라도, 사랑하는 사람의 아기를 가졌는데 어떻게 지우라는 말을 할 수 있는지….
난 너무도 서러워서 울고 또 울었다. 오빠와 통화를 하면서도 눈물이 나왔다. 이럴 때 오빠가 옆에 있으면 얼마나 좋을까 하는 생각뿐이었다.

휴가를 나온 오빠가 집에까지 찾아와 빌었지만, 식구들은 절대 받아들일 수 없다고 했다. 오히려 여자 인생 망치려든다며 오빠에게 호통까지 쳤다. 아빠는 지금 당장 결혼을 하든지, 애를 지우든지 둘 중의 하나를 택하라고 했다. 오빠는 아무 말도 하지 못했다. 그 모습에 더 화가 난 아빠는, 시집도 안 간 딸년이 애를 낳다니 동네 창피하다며 아기를 지우지 않을 거면 집에서 나가라고 펄펄 뛰었다. 고개를 푹 숙이고 있던 오빠의 눈에서 굵은 눈물방울이 떨어져 내렸다. 나는 하염없이 흐느꼈다. 우리의 사랑은 왜 이렇게 힘들어야 하는지….

오빠의 집에서는 처음부터 나를 반대했었다. 오빠의 아버지는 대학 다니는 아들이 나랑 사귀는 것을 못마땅해 했다. 새로 들어온 새어머니마저 아버지를 부추기며 우리 사이를 인정하지 않았다. 세배를 하러 갔을 때도 인사도 안 받고 방으로 들어가 버리실 정도였다. 그런 처지다 보니 아기를 낳으라는 허락 같은 것은 기대할 수도 없는 처지였다. 결혼은 더 말할 것도 없었다.

이 모든 사정을 알고 있었기에 우리 집에서도 펄쩍 뛰며 반대를 한 것이다. 아기를 낳고 버림이라도 받으며 어쩔 거냐는 것이다. 딸자식 가진 집에서라면 너무도 당연한 염려였다. 하지만 난 모든 게 서럽기만 했다. 우리 두 사람이 이토록 사랑하는데, 우리가 살아보려 하는데 무엇이 문제란 말인가.

오빠는 나에게 미안하다면서 당장은 힘들겠지만 자기를 믿고 따라와 달라고 했다. 아기를 낳으면 오히려 부모님의 태도도 달라질 거라며 나를 달래주었다. 곁에 있어줄 수 없어서 미안하고, 입덧할 때 맛있는 거 챙겨주지 못해 미안하고, 바람막이 되어주지 못해 미안하고, 힘들게 해서 미안하다고… 통화를 할 때마다 미안하다는 말투성이였다.

우리는 결국 아기를 낳았다. 난 집을 나와 친구 집에서 지내며 아기와 만날 날만을 기다렸고, 아기를 낳을 때는 광주에 있는 쉼터에 들어가 도움을 받았다. 쉼터에서 다른 미혼모들과 지내는 동안, 그나마 나는 그간의 원망과 서러움을 조금 잊을 수 있었다.

TV에서는 결혼한 여자들이 임신했다는 사실만으로도 호들갑스럽게 축하를 받고, 아기를 낳을 때는 주위 모든 사람들의 축복 속에 주인공이 되어 아기를 낳는다. 하지만 그런 행복한 산모는 이곳에 없다. 남의 눈을 피해서 몰래 배를 감추며 살고, 죄인처럼 눈치 보며 살다 조용히 와서 아기를 낳고 가는 불쌍한 사람들이다.

산후조리는커녕 휴일 동안 잠깐 와서 아기를 낳고 다시 학교에 가서 체육시간에 달리기까지 한 학생도 있었다고 한다. 연휴에 아기를 낳고 복귀해야 한다며 촉진제를 맞고 서둘러 아기를 낳은 직장인도 있었다고 했다.

뱃속에 아기가 있을 때나 아기를 낳을 때의 고통보다 더 힘든 것은, 아기를 떠나보내는 순간일 것이다. 대부분의 미혼모들은 아기를 입양시키는데, 평생 그 짐을 가슴에 안고 산다고 한다.

어떤 커플은 결혼 전에 아이를 갖게 돼 입양을 보냈다고 한다. 그 두 사람은 결혼을 했지만, 임신을 할 때마다 성별 검사를 해서 남자아이라고 판별이 나면 낙태를 했다고 한다. 입양 보낸 첫 아이가 남자아이라 마음에 걸려 도저히 남자아이를 키울 자신이 없다는 것이다. 그 아이가 떠오를까 봐서…. 그래서 지금 그 부부에게는 여자아이만 둘 있다고 한다.

나는 어떤 상처도 원하지 않았다. 우리의 사랑이 담긴 한 생명을 없애는 일은 절대 할 수 없었고, 남의 손에 보내는 것도 차마 할 수가 없었다. 어떻게든 내가 키워보려 했다. 그것이 아무리 힘들지라도 떠나보낸 후의 상처보다는 나을 거라고 믿었기 때문이다.

쉼터에 아이를 낳으러 들어와서 집에 연락을 했다. 언니가 와서 내가 아기를 낳을 때 옆에 있어주었다. 아빠는 아직도 받아들일 수 없다고 했지만, 몸져누운 엄마는 언니 편에 아기 배 냇저고리를 보내주었다. 나는 꼬박 하루 동안의 진통 끝에 3.4 킬로그램의 건강한 여자아이를 낳았다. 그리고 작은 방을 하나 구해 아기와 보금자리를 만들었다.

그렇게 생활을 시작한 것이 한 달 전이다. 그러나 지금 나는 다시 아기를 데리고 일시 보호소를 찾아야 했다. 난 잠시나마 이곳의 도움이 절실했다.

혼자서 열 달 동안 가슴앓이를 했다. 고민이 있어도 터놓고 말할 사람이 없어 눈물도 많이 흘렸다. 하지만 아기를 옆에 두고 있으니 오빠 생각이 더 많이 났다. 밤에 아기가 깨어 울면 왜 우는지 알 길이 없어 아기를 안은 채 마냥 같이 울 수밖에 없었다. 그러면서 마음이 많이 약해졌다. 아빠는 아직도 아기를 입양 보내라며 날 집에 들이지 않는다. 아기를 낳으며 잊었 던 설움이 다시 고개를 들고 날 힘들게 했다.

그나마 분유를 먹고 있는 기쁨이의 맑은 눈동자를 보고 있으면 모든 것을 잊을 만큼 행복했다. 이런 게 모정이라는 걸까? 남의 손에 있다가도 내가 곁에 가면 엄마 냄새가 나는지, 아니면 벌써 얼굴을 알아보는지 환하게 웃는 모습에 모든 시름이 잊히곤 했다. 그렇지만 현실의 무게는 여지없이 나를 짓눌렀다.

아기를 키우면서 새삼 세상의 모든 엄마들이 존경스러워 보였다. 아무것도 모르는 내가 혼자 힘으로 키우는 것이라 더 힘든 것일 수도 있지만, 아기를 키우는 것이 이렇게 힘든 일인 줄 몰랐다. 밤낮이 바뀌어 잠을 안 자고 울어대는 아기를 밤새 안고 있는 일 정도는 애교였다. 종이기저귀 살 돈이 없어 천기저귀를 연신 빨고 삶아대는 일도 괜찮다. 하지만 아기 먹일 분유가 없어 걱정해야 하고, 제대로 먹지 못해 젖까지 잘 안 나오는 상황은 너무나 가슴이 아팠다. 방을 따뜻하게 해야 하는데 가스비를 걱정해야 하는 내 처지가 비참했다.

언니의 도움으로 그럭저럭 지내왔지만, 언제까지 이런 식으로 버텨낼 수 없다는 것을 깨달았다. 손을 벌리는 것도 한두 번이지, 아기 키우는 법도 몰라 번번이 전화를 하면서도 돈 얘기까지 하는 건 너무나 어려웠다. 말을 하면 아무 불평 없이 도와주기는 하지만, 그런 말을 할 때마다 내 모습이 더 초라하고 무력하게 느껴졌다.

무능력한 엄마 모습이 우리 기쁨이에게도 부끄럽기만 했다. 아기 낳은 것을 처음으로 후회하기도 했다. 기쁨이를 이렇게 무책임하게 세상에 태어나게 한 것을…. 아니, 너무나 큰 결과를 생각도 못한 채 경솔하게 행동했던 둘만의 시간을….

결단이 필요했다. 오빠가 제대를 하려면 아직도 1년하고도

6개월이나 되는 시간을 기다려야 한다. 그동안까지는 누군가의 도움을 받아야 할 것 같았다. 우선 6개월만이라도 보호소에 아기를 맡겨야겠다는 생각이 들었다. 그리고 내가 최대한 돈을 많이 벌어 아기를 키워보려는 것이다. 그때쯤 되면 기쁨이도 좀 더 자라 있을 테니 지금보다 덜 힘들 것도 같았다. 어떻게든 시간이 필요했다.

보육사님 품에서 한참을 울던 기쁨이는 분유를 물리자 잠이 들었다. 어쩌지, 내내 안아주기만 해서 보육사님들한테도 자기만 안아달라고 칭얼대면…. 여기는 기쁨이 말고도 돌봐주어야 할 아기들이 많은데…. 언제나 자기한테 눈 맞추고 있던 엄마가 옆에 없다는 것을 알면 우리 기쁨이는 얼마나 쓸쓸할까.

잠든 기쁨이의 볼에 입을 맞췄다.

"기쁨아, 잘 있어. 엄마가 돈 벌어서 금방 데리러 올게. 아프지 말고."

내 말을 들었는지 못 들었는지 포근하게 잠이 든 기쁨이는 보육사님의 팔에 안겨 방으로 들어갔다. 나는 그만 자리에 털썩 주저앉고 말았다. 다리에 힘이 하나도 없었다. 정말 이래야 되는 걸까…. 머뭇거리면 더 힘들 것 같아서 일어서려는데 발길이 떨어지질 않는다. 사회복지사 선생님이 내 등을 두드려주었다.

"잘 자랄 테니까 걱정 말고 경민 씨 건강이나 챙겨요. 건강해야 돈도 벌고 아기도 키우지."

나는 어금니에 힘을 꽉 준 채 사무실을 나섰다.

눈은 어느새 그쳐 있었다. 미끄러운 길을 조심조심 걸어 나오는데 많은 생각들이 머리를 스쳤다. 쉼터에 있을 때 사회복지사 선생님께 들은 이야기가 있다.

"입양을 생각하고 아기를 낳았던 산모도 막상 출산을 하고 아기와 며칠 지내다 보면 생각이 바뀌는 경우가 많아요. 너무 예쁘고 불쌍하니까…. 그때 어떤 어려움을 무릅쓰고라도 직접 키우고 싶은 마음이 드는 거죠. 그래서 마음을 바꿔서 퇴소하면서 아기를 데려가는 사람도 많아요. 근데 열에 여덟은 다시 돌아와요. 짧게는 이삼 일, 길게는 이삼 주 후에요. 모성이야 누구든 느끼는 거지만, 아기를 키운다는 것은 현실이거든요."

나와 상관없는 말인 줄 알았던 그 말이 이제 와서 내 가슴을 찌른다.

하지만 기쁨이는 내 아이다. 누가 뭐라고 해도 오빠와 나의 아이다. 난 6개월 후 반드시 다시 찾아올 것이다. 아니, 어쩌면 조금 더 빨라질 수도 늦어질 수도 있겠지만, 맹세코 다시 찾아올 것이다. 저 천사 같은 내 아기를 잊은 채 살아갈 자신이 없다. 조금 더 큰 행복을 위해서 우리는 잠깐 떨어져 있는 것뿐이다. 기쁨이도 이런 엄마를 이해해 주리라 믿는다. 철부지 엄마의 미안함과 안타까움을….

벌써 기쁨이가 보고 싶다. 코끝에 아기의 냄새가 어른거려 자꾸만, 자꾸만 눈물이 흘렀다.

• 글쓴이 | 이경민(19세)

어제로 배우는 오늘

더 이상 왕자는 없다

　내 고향은 뜨거운 제철공장의 용광로와 파란 바다가 어우러진 도시, 포항이다.

　어렸을 때부터 바다는 내 유일한 친구였다. 철썩이는 파도가 바위에 부딪치는 봄 바닷가에 혼자 앉아, 난 인어공주가 되는 상상을 했다. 사랑하는 왕자님을 위해 자신은 물거품이 돼 사라지고 마는 그 사랑 이야기가 왜 그렇게 슬프던지…. 내 목숨을 바쳐도 아깝지 않을 사랑을 나도 할 수 있을까? 나는 그런 사랑을 나눌 나의 왕자님을 기다리면서도, 한편으로는 언젠가 홀연히 나타나 이 구질구질한 현실에서 나를 구해줄 왕자님을 기다리고 있었다.

　사실 현실 속에서 나는 인어공주라기보다는 신데렐라 쪽이었으니까…. 계모의 구박 속에서 온갖 험한 일을 하며 살아가야 하는 신데렐라. 그런 생각이 들면 난 옆에 놓았던 파나 감자 같은 찬거리가 든 봉지를 챙겨들고 서둘러 집으로 돌아갔다. 어디서 또 놀다 들어왔냐며 등허리를 내리치는 계모의 매운 손도 싫었지만, 앙칼진 그 목소리는 더 싫었다. 아, 나의 왕자님은 언제쯤 나를 구해 주실까….

　부모님은 내가 초등학교 3학년 때 이혼을 했다. 서로 성격이 판이하게 달랐던 엄마와 아빠는 허구한 날 싸웠다. 어린 마음이었지만, 부모님이 이혼한다는 말을 들었을 때는 슬픔보다는 안도의 한숨이 새어나왔다. '이제 싸우는 소리는 안 들어도 되겠구나….'

　두 분의 이혼 후 오빠와 나는 아빠와 지내게 되었고, 우리 집에는 곧 계모가 들어왔다. 아빠는 정식으로 재혼을 하지는 않았지만, 어쨌든 현재까지 계모와 살고 있다. 혼인신고도 하지 않은 듯했다. 엄마라고 부르지 않는다며 맞기도 많이 맞았지만, 난 아직도 엄마라는 소리가 나오지 않는다. 마지못해 '어머니'라고 형식적으로 부르긴 해도, 내 마음속의 '엄마' 자리를 내줄 수는 없었다.

　우리 남매는 계모가 데리고 온 언니도 가족으로 맞아야 했는데, 나보다 다섯 살 많은 언니였다. 우리도 힘들었지만, 그 언니도 이런 생활을 견디기가 괴로웠는지 조금씩 비뚤어져갔다.

급기야 중학교 3학년 때 자퇴를 하더니 이내 집을 나가버렸다. 들리는 소문으로는 술집에서 일한다고 한다. 오빠도 고등학교를 마치지 못하고 서울로 올라가 삼촌이 경영하는 가구공장에서 일하고 있다. 집에 있는 자식이라곤 어쩔 수 없이 남아 있는 나 하나뿐이었다.

오랫동안 예식장에서 관리 일을 해온 아빠는 최근에는 판매원 일을 하고 있다. 결코 넉넉하지 않은 형편이었다. 돈 얘기를 꺼냈을 때 단 한 번이라도 얼굴 찌푸리지 않고 돈을 받을 수 있는 집… 그것도 내가 꿈꾸는 것 중의 하나였다.

친오빠도 이복 언니도 떠난 집에서 난 힘겨운 나날을 보내야 했다. 동화 속에 나오는 계모는 아이들을 늘 구박하는데, 현실에서도 그리 다르지 않았다. 계모는 새벽 동이 트기 전부터 나를 깨워서 일을 시키고 얼굴만 보면 구박을 했다. 나도 고분고분 따르고 싶지 않아서 반항을 했으니, 사이가 좋을 리 없었다. 계모의 구박은 점점 심해졌고, 그럴수록 엄마가 더 그리워졌다. 엄마….

몇 년 만에 처음으로 엄마에게 연락을 했다. 어딘가에서 편히 살고 있을 줄 알았던 엄마는, 당신 한 몸 지탱하기도 어려운 생활을 하고 있었다. 교회에서 숙식하며 대학교 구내식당에서 일한다고 했다. 엄마에게조차 난 기댈 수 없었다. 어서 빨리 세월이 흘러 어른이 되기만을 기다리는 수밖에 없었다.

내가 바라지 않아도 시간은 흘러갔고, 어느새 난 고등학생이 되었다. 1학년 말쯤 나에게도 남자친구가 생겼다. 어쩌면 신데렐라로 살고 있는 나를 공주님으로 만들어줄 왕자님일지도 몰라…. 친구 소개로 알게 된 그 오빠는 큰 양식장을 하는 부잣집 아들이었다. 나보다 한 살 위였지만, 모든 면에서 어른스럽고 세련돼 보였다. 여유가 있어서 그런지 돈도 꽤 잘 썼다. 아이들과 어울리면 자기가 술값이며 밥값을 계산할 때가 많았고, 가끔씩 차도 몰고 나왔다. 엄마 차를 몰래 가지고 나온 거라고도 했고, 가짜 운전면허증으로 렌트한 거라고도 했다.

나는 시원시원한 성격에 부터 나는 그 오빠가 첫눈에 마음에 들었고, 호기심도 생겼다. 하지만 막상 그 오빠가 사귀자고 했을 때는 좀 망설여졌다. 왜냐면 오빠 주변에는 여자들이 너무 많기 때문이다. 돈도 잘 쓰고 재미있는 남자를 여자들이 가만 둘 리가 있을까 싶어 내심 망설여졌다. 어딜 가든 "오빠!" 하면서 아는 척하는 여자애들이 있었고, 휴대폰은 끊임없이 울려댔다. 아이들은 이렇게 수군대기도 했다.

"저 오빠가 지금까지 같이 잔 여자들이 못해도 50명은 될 거래."

"말도 안 돼!"

"정말이야. 포항에서 노는 애들치고 저 오빠 애인 아닌 애가 없대. 임신했던 여자도 있다던데?"

하지만 난 어리석게도 그 오빠에게 빠지고 말았다. 자신만만한 태도에 끌렸고, 맛있는 음식과 예쁜 선물들도 거절하기 힘들었다. 처음 만난 날부터 어깨나 허리에 손을 얹기도 하고, 자연스럽게 머리나 볼을 쓰다듬기도 하던 오빠는 점점 더 많은 걸 원했다. 단 둘만의 첫 데이트에서 키스를 하던 오빠는 더 큰 것도 원했다. 조금 겁이 나긴 했지만, 그런 손길이 싫지는 않았다. 그리고 세 번째 데이트를 하던 날, 나는 오빠가 가지고 나온 차 안에서 첫 경험을 했다. 그 이후로는 거의 매번 오빠의 뜻을 따라야 했다.

밤늦게 다니는 내게 계모의 잔소리가 쏟아졌지만, 이제 난 겁나지 않았다. 고개를 꼿꼿이 들고 대들기도 했다.

'나한테도 남자가 있다는 거 알아? 내가 지금 남자랑 자고 온 거 알아? 나도 더 이상 어린애가 아니라구!'

입 밖으로 내지는 않았지만, 난 더 이상 매질에 떨며 시키는 대로만 하는 아이가 아니었다. 난 어른이었다.

하지만 그 달콤한 시간은 그리 길지 않았다. 우리가 본격전인 연인이 된 지 한 달도 되지 않은 어느 봄날, 난 뒤통수를 얻어맞았다. 오빠가 다른 사람도 아닌 내 짝과 사귀는 걸 알게 된 것이다. 둘이 모텔에서 나오는 걸 봤다는 얘길 들었다. 눈앞이 깜깜해졌다. 어떻게 이럴 수가 있는지…. 하지만 오빠는 그런 사람이었다. 그걸 알면서도 빠져버린 내가 한심하지. 그래도 다른 사람도 많은데, 왜 하필 내 짝이냐고! 이런 인간쓰레기!

아침이면 학교 가는 길이 무겁기만 했다. 학교에 가다 돌아선 것이 몇 번인지 모른다. 어떻게 내가 그 애와 나란히 앉아 웃으며 애길 할 수 있을까? 내가 사랑하는 사람과 잠자리를 같이하다니…. 뻔뻔스럽게 아무것도 모르는 척 내숭 떨며 가증스럽게 내 옆자리에 앉아 있는 계집애도 참을 수 없었다. 난 당장 오빠와 헤어졌다. 그리고 내 짝과도 다시는 얼굴 부딪칠 일이 없게 됐다. 난 학교를 그만두었으니까.

집 밖에도 나가지 않고 방에만 틀어박혀 지냈다. 순순히 집 안일을 하며 상처를 잊어가고 있는데, 석 달 만에 오빠에게 다시 연락이 왔다. 어디론가 탈출하고 싶던 마음 때문인지, 옛날 일은 쉽게 잊고 다시 오빠를 만났다. 믿으면 안 된다고 속으로 다짐했지만, 오빠의 달콤한 말들에 난 또 속고 말았다.

하지만 그 오빠의 바람둥이 기질은 고쳐질 수 있는 게 아니었다. 이 여자 저 여자 옮겨 다니는 그 버릇은 계속되었고, 우린 헤어졌다 만나기를 반복하며 싸움만 되풀이하고 있었다. 난 지쳐갔다. 오빠도 잊고 싶었고 집에서도 탈출하고 싶던 나는, 그해 겨울 서울의 삼촌 집으로 올라갔다. 취직이라도 할 생각이었다. 뭔가 새로운 미래가 기다리고 있기를 기대하며 서울로 올라간 것이다.

그런데 나를 기다리고 있는 것은 찬란한 장밋빛 미래가 아니었다. 임신이라는 기막힌 상황이 나를 덮쳐왔다.

생리가 없었다. 이상해서 약국에서 사온 임신진단시약으로 확인해 보았더니 임신이었다. 무서웠다. 이게 전부 꿈이면 좋겠다는 생각만 들 뿐 달리 해결 방법이 떠오르지 않았다. 병원에는 갈 수 없었다. 병원에 가서 사실임을 확인받는 것이 더 두려웠다. 마치 잊고 있으면 모든 사실이 없어지기라도 하는 양 난 서울 삼촌 집에서 꼼짝 않고 그해 겨울을 보냈다. 어린애가 자꾸 살만 찐다는 핀잔을 들을 때쯤, 난 그 집을 떠날 때가 되었음을 알았다. 배는 자꾸 불러왔고 더 이상 머물 수도 없어 다시 포항에 내려왔다.

하지만 오빠에게는 임신 사실을 알리지 않았다. 알려봤자 아무 대책도 없을 것이 분명하기 때문이다. 뱃속의 아기는 점점 커져가고 있었고, 인터넷을 통해 싸게 낙태를 해준다는 병원도 알아두었다. 하지만 처음부터 내 마음속에 낙태라는 것은 없었다. 생명을 죽이는 것이 겁나서가 아니었다. 솔직히 수술대 위에 올라가는 게 너무나 무서웠다.

하루는 잠을 자는데 갑자기 방문이 열렸다. 몸을 일으켜 보니 갓난아기가 기어들어오는 게 아닌가. '누구네 아기지?' 하며 아기를 안아 올리는데, 갑자기 아기의 얼굴이 무섭게 변하더니 내 목을 조르기 시작했다. 괴물 같은 얼굴을 하고서….

나는 소리를 지르며 벌떡 일어났다. 꿈이었다. 내 몸은 땀으로 흠뻑 젖어 있었다. 소름끼치도록 무서웠다. 그 후로 한동안 내 목을 조르던 아기의 얼굴이 생생하게 떠올라 나는 대낮에도 두려움에 떨었다. 뱃속의 아기가 나에게 경고를 하는 것 같았다. 나는 아기를 죽일 수 없었다.

인터넷을 뒤지다가 나처럼 10대에 임신을 하고 아기를 낳는 사람들이 많다는 사실을 알고 놀랐다. 그런 아이들이 묵으면서 아이를 낳을 수 있는 시설도 있다고 했다. 이메일로 상담을 신청했고, 나는 쉼터라는 것을 알게 됐다. 아무도 모르게 나 혼자 아기를 낳고 올 수 있는 곳이었다. 아기를 낳을 결심을 하고 나니까, 왠지 오빠에게도 그 사실만은 알려야 된다는 생각이 들었다. 쉼터에 입소하기 전, 오빠에게 전화를 했다.

아마 누군가에게 위로도 받고 용기도 얻고 싶어서였던 것 같다. 아기 낳을 때 옆에 있어줄 사람이 필요했던 것도 같고…. 하지만 오빠는 놀라는 기색도 없이 낙태하라는 얘기만 했다. 내가 그럴 수 없다고 버티자 오빠는 비겁하게 어머니까지 동원했다. 며칠 후 오빠의 어머니에게서 만나자는 전화를 받았다. 드라마에서나 보는 장면 같았다. 커피숍에서 만난 오빠 어머니의 얼굴은 굳어 있었다. 오빠의 서글서글한 인상과는 다르게 그 어머니는 신경질적인 얼굴이었다. TV드라마에서 보던 깐깐

한 시어머니의 얼굴을 실제로 맞부딪히니 한숨부터 나왔다. 아마 오빠 집에 시집을 갔어도 편히 살기는 힘들었을 거라는 생각이 퍼뜩 스쳐갔다.

그런 쓸데없는 생각이 머릿속을 휘젓고 있을 때, 어머니는 핸드백에서 봉투를 꺼냈다.

"살다 보니 별일이 다 있구나, 머리에 피도 안 마른 것이…."

"…."

"우리 애한테 다시는 연락하지 마라. 또 한 번 만나기라도 하는 날엔 내가 네 부모를 좀 만나야겠다."

가슴에서 뜨거운 것이 치솟았다. 하지만 난 아무 말도 하지 못하고 힘껏 노려보고만 있었다. 오빠의 어머니는 다시는 연락하지 말라고 몇 번이나 못을 박고는 그 자리를 떠났다. 테이블에는 하얀 봉투만 남아 있었다. 화가 났다. 슬펐다. 세상이 너무 무서웠다.

짐을 쌌다. 뭘 챙겨야 할지 몰라 추리닝 바지랑 티셔츠, 속옷, 수건 같은 것들을 되는 대로 집어넣었다. 그리고 얼마 전 길을 가다 너무 예뻐서 사고야 말았던 조그만 아기 신발도….

집에는 취직이 되어 부산에 일하러 간다고 했다. 계모는 앙칼진 목소리로 뭐라고 해댔지만, 내 귀에는 아무 말도 들리지 않았다. 그렇게 집을 나선 나는, 부산에 있는 '사랑샘'이라는 곳으로 들어갔다.

처음 사랑샘 문을 들어섰을 때는 좀 서먹했지만, 곧 오길 잘했다는 생각이 들었다. 어디에도 마음 놓고 할 수 없던 얘기들, 누구에게도 느끼지 못했던 따뜻한 대접을 그곳에서 받을 수 있었다. 난 그곳에서 검정고시를 준비하기 시작했다. 이젠 내 인생을 내가 책임져야 한다.

지금까지도 그랬지만, 누구에게도 의지할 수 없다는 걸 이제야 뼈저리게 깨닫는다. 왕자님을 기다리던 꿈은 오래전에 사라졌다. 세상에 날 구해줄 왕자는 없다. 내가 날 위해 살아야 할 뿐…. 검정고시를 통과하면 나는 애견미용사가 되고 싶다. 강아지는 사람처럼 상처 주는 일은 하지 않을 테니까.

비가 억수로 쏟아지던 날, 나는 아기를 낳았다. 바다를 좋아하고 물을 좋아하는 내가, 비오는 날 아기를 낳았다. 병원을 나설 때까지도 비는 계속해서 오고 있었다. 저 하늘에서 누군가가 나를 보고 눈물을 흘리는 것 같았다. 곁에 아무도 없이 어린 나이에 아기 낳는 고통을 겪어야 했던 나를 위해, 아무것도 모른 채 세상에 태어나서 생판 남에게 입양되는 운명을 타고난 내 아기를 위해….

아기를 입양 보내기 위한 모든 서류를 마쳤다. 아기 아빠의 동의도 필요하다고 해서 오빠의 연락처를 알려주었지만, 연락이 되지 않는다고 했다. 휴대폰도 집 전화도 모두 바뀌어 있었다. 마귀 같은 그 어머니가 한 일일 것이다.

하지만 원망만 하고 있을 수는 없다. 난 아직 젊고 살아야 할 내일이 있으니까! 쉼터에 있으면서 내가 얻은 것은, 내 인생이 소중하다는 생각이다. 그 소중한 인생을 위해 난 뒤돌아보지 않고 열심히 달려갈 거다. 언젠가 낳아준 엄마를 찾아올지 모를 우리 아기에게 떳떳한 모습을 보이기 위해서라도….

• 글쓴이 | 김정희(고2)

어리고 무능한 엄마지만

기찻길 옆 오막살이~ 아기 아기 잘도 잔다~

내가 어렸을 때 즐겨 부르던 고무줄놀이 노래다. 우리 동네도 기찻길을 끼고 있었다. 가을이면 코스모스가 지천으로 피던 기찻길 옆은 아이들의 놀이터이기도 했다. 아이들은 못을 철로 위에 올려놓고 수풀에 엎드려 기차가 지나가길 기다린다. 잠시 후 기차가 철커덩 요란하게 지나가고 나면 철로 위에 얹어둔 못은 납작하고 날카로운 칼로 변해 있었다. 사내아이들은 그게 무슨 훈장이라도 되는 양 모으길 좋아했고, 계집애들은 그걸 들고 산으로 나물을 캐러 가기도 했다.

간혹 불행한 일이 그 기찻길에서 생겨나기도 했다. 옆집 강아지가 아이들을 따라 나왔다가 기차에 치여 죽은 이야기나 술 취한 이웃 아저씨가 미처 기차를 피하지 못하고 다리를 잃었다는 이야기…. 그런 우울한 사연까지 담고 기찻길은 내 고향 익산에서 서울로 길게 이어져 있었다.

우리 아버지는 철도 공무원이다. 아버지가 근무하는 역에 점심을 싸가지고 찾아갈 때가 나는 참 좋았다. 아버지가 입은 제복도 근사했고, 기차가 들어올 때 깃발을 올려주는 아버지의 모습도 그렇게 멋있을 수가 없었다. 그래서 난 항상 그 모습을 보고 가려고 머뭇거리곤 했다. 그런 내 마음을 알고 아버지는 더 힘차게 깃발을 흔들었다. 그리곤 나를 향해 찡긋 윙크를 해주기도 했다.

아버지는 그렇게 자상한 분이었다. 반면 엄마는 아이들에게 한없이 너그러운 아버지에게 늘 핀잔을 주는 무서운 사감 노릇을 했다. 남동생과 나는 엄마의 불호령이 무서우면 늘 아버지에게 달려가 등 뒤로 숨어버리곤 했다. 그러면 엄마는 애들 버릇 다 망친다며 긴 잔소리를 시작하곤 했다. 아버지의 월급으로는 빠듯했던지 엄마는 읍내에 있는 식당으로 일을 다녔다. 성격은 서로 달랐지만, 잘 맞는 두 개의 기어처럼 성실하게 가정을 일구어가는 좋은 부모 밑에서 우리는 화목한 가정의 품을 느끼며 살아왔다. 그런 분들을 속이고 있다는 것이 지금도 내 마음을 아프게 한다.

그는 형을 하나 둔 막내아들이었다. 그는 우리와는 반대로 경제적으로는 넉넉했지만, 가족 간의 대화는 별로 없는 싸늘한 집에서 자랐다고 했다. 우리는 남녀공학인 고등학교에 입학하면서 친구가 되었다. 작은 학교였기 때문에 아이들은 모두 친하게 지냈다.

내 친구가 먼저 그를 좋아했다. 그래서 나도 그를 관심 있게 지켜보았는데, 당혹스럽게도 그는 내 친구가 아닌 나에게 관심을 보이며 사귀자고 다가왔다. 어딘지 그늘이 있지만 다정하고 따뜻한 그의 모습에 끌리던 나는 그의 뜻을 받아들였고, 그해 9월부터 본격적으로 사귀게 되었다. 우리가 사귀는 것은 학교 내 모든 친구들이 다 알고 있었다. 우리는 아이들이 인정하는 공식 커플로 행복하게 지냈다.

그러다 그의 집안에 큰 변화가 생겼다. 고등학교 2학년 가을쯤 어머니의 외도로 부모님이 이혼한 후 어머니와는 전혀 연락이 되지 않는다고 했다. 어머니를 많이 좋아했던 그로서는 그만큼 원망도 컸고, 사춘기를 방황으로 보낼 수밖에 없었다. 엎친 데 덮친 격으로 아버지의 사업도 부도가 났다.

그리고 고등학교 3학년 겨울, 그의 아버지는 해외사업을 시작해 보겠다며 중국으로 가버리셨다. 하나뿐인 형은 군복무 중이었다. 가족이 모두 뿔뿔이 흩어지게 된 것이다. 그것도 그가 수능 준비를 하고 있을 때 말이다.

그렇지 않아도 예민할 시기에 혼자가 된 그는 몹시 힘들어했다. 수능을 준비하면서 많이 흔들리던 그에게 난 위로가 되려고 많이 노력했다. 수없이 편지를 주고받으며 우리는 서로에게 힘이 되었다. 언제까지나 함께하고 싶은 든든한 파트너로….

그렇게 힘든 시간 속에서도 그는 대견하게 대학에 입학했다. 하지만 학업을 계속할 형편은 아니어서 바로 군에 입대할 작정으로 휴학계를 내고 막노동을 시작했다.

형은 군 제대 후 혼자 자취생활을 하고 있다고 했다. 그는 막노동을 하면서 어렵게 돈을 모아 형이 복학할 등록금을 마련해 주었다. 그런데 그의 형은 동생이 힘들게 마련해 준 그 돈을 어느 자선단체에 기부하고, 현재 목회자가 되기 위해 공부하는 중이라고 한다. 그의 형이 무슨 이유로 그런 결정을 했는지 모르지만, 그 사실을 알고 난 뒤 그는 상처를 받았고 지금까지 형과 연락을 끊고 지낸다.

나에게 첫사랑인 그는 내 마음의 전부를 차지한 유일한 남자였고, 그에게 나는 그나마 마음을 붙일 수 있는 유일한 휴식처였다. 대학 신입생이 된 후 우리 사이는 좀 더 깊어졌다. 그의 자취방에서 첫 관계를 가졌다. 오랫동안 기다려 왔던 일이었다. 하지만 우리는 그 순간만을 생각했지 더 큰 준비는 하지 못했다.

나는 원래 생리가 불규칙해서 피임에 대해서는 생각을 하지 못했다. 왜 그랬는지, 지금 생각하면 어리석기 짝이 없다. 임신했다는 사실을 뒤늦게 안 것도 있지만, 두렵고 무서워 낙태는 생각지도 못했다. 그러다 인터넷을 통해 쉼터를 알게 되었고, 입소할 계획을 세웠다. 물론 부모님에게는 알리지 않았다.

나는 2학년 1학기를 마친 뒤 집에는 취업이 된 것으로 하고 쉼터에 입소했다.

쉼터 생활은 낯설었다. 가족과도 떨어진 데다 그와 함께할 수 없는 것도 힘들었다. 낯선 환경에 적응하는 게 힘들기만 했다. 나는 매일 근처 PC방에 가서 시간을 보내며 그와 메신저를 하거나 게임을 하며 시간을 보내곤 했다. 아기를 낳는다는 사실도 두려웠지만, 그와 떨어져 새로운 환경을 받아들이는 것도 부담스러웠다. 매번 그와의 전화통화에서 힘들다는 이야기를 했다. 수시로 날 찾아오던 그도 많이 안타까웠던지 차라리 낙태를 하자고 했다.

나는 거짓말을 하고 쉼터를 나왔다. 어머니가 임신 사실을 알게 되어 집으로 가야 한다는 거짓 이유를 늘어놓고서…. 하지만 막상 낙태를 위해 병원에 갔을 때 우리가 들어야 했던 말은 절망적이었다. 낙태를 하기에는 너무 늦었다는 것이다. 그는 그 와중에 꾀를 내어 산모가 임신 중에 담배를 너무 피워서 태아한테 안 좋을 것 같다며 나름대로는 그럴 듯한 이유까지

둘러댔다. 그래도 의사 선생님은 꿈쩍도 하지 않았다. 나도 어디선가 들은 이야기로 운을 떼었다.

"임신 후반기에도 낙태해 주는 곳이 있다고 들었는데…."

겸연쩍은 얼굴로 말을 꺼낸 내게 선생님은 정색을 했다.

"학생들이 서로 채팅으로 정보를 주고받나 본데, 그런 거 따라갔다가 몸 망쳐요. 불법으로 안 되는 거 해주거나 싸게 해주는 곳도 있다고들 하는데, 잘못했다가는 죽을 수도 있어요. 지난달에 한 학생이 배가 아프다며 왔는데, 진찰해 보니까 뱃속에 낙태하다가 남은 아기 찌꺼기가 있었어요. 물어보니 인터넷으로 소개받은 불법시술소에서 석 달 전에 낙태를 했다는 거예요. 그런 게 오래 방치되면 자궁을 들어내야 한다고요. 그게 무슨 소린지 알아요? 평생 아기를 가질 수 없는 거예요. 알아서 하세요."

결국 나는 다시 쉼터로 향할 수밖에 없었다.

어쩔 수 없는 운명으로 받아들여서인지, 두 번째 입소한 쉼터 생활은 쉽게 적응할 수 있었다. 배는 하루가 다르게 불러왔다. 이왕 이렇게 된 거, 나는 철저하게 준비해서 건강한 아기를 낳자고 마음을 바꿔먹었다. 어차피 낳을 아기라면, 내가 키울 수 없더라도 건강하고 예쁘게 낳는 것이 도리인 것 같았다. 음식도 골고루 잘 먹었고, 운동도 열심히 했다. 인터넷을 뒤져서 임신과 출산에 관계된 정보도 많이 찾아보았다. 그러는 동안 나는 당당하게 임신을 얘기하고 도움을 받을 수 있는 결혼한 여자들이 무척이나 부러웠다.

분만을 쉽게 할 수 있도록 매일 30분씩 산책도 하고 계단도 오르내리는 게 좋다는 이야기를 듣고는, 나도 동네를 돌며 걷기를 시작했다. 마루를 왔다 갔다 해서라도 몸을 움직이려 했고, 쉼터 프로그램 중에 배운 호흡법을 반복해서 연습해 보기도 했다.

점점 '아기와 내가 한 몸이구나' 하는 생각도 들었다. 내가 우울해할 때면 배가 단단하게 뭉쳐 있다가도, 내가 기분 좋을 때면 아기도 덩달아 마구 움직이며 뛰논다. 정말 거짓말처럼 아기는 내 기분을 그대로 느끼는 것 같았다. 옆에 있는 다른 아이들에게 물어보니 자기들도 그런 반응을 느낀다고 했다. 밖에 있을 때는 숨기는 데 신경 쓰느라 몰랐는데, 여기 들어오니까 뱃속의 반응을 민감하게 느끼겠더라고 했다.

아직 어린 나이들이라 출산에 대한 공포도 있었다. 아기를 낳고 온 친구가 해주는 말을 들으며 미리 겁을 집어먹기도 하고, 무서워하기도 했다. 밤마다 악몽을 꾼다는 열여덟 살 주희, 주사 맞는 게 무서워 아파도 병원 한 번 안 가고 버텼는데 아기를 어떻게 낳을지 모르겠다며 걱정하는 열일곱 살 하늘이…. 모두들 약하고 어리지만 스스로 험한 세상에 부딪쳐가고 있는

강한 예비엄마들이다. 비록 아기를 제 손으로 키우지 못하는
신세들이 더 많긴 하지만….

드디어 출산의 날이 왔다. 뭔가 몸 속에서 흘러나오는 느낌
이 들었다. 화장실에 가보니 피였다. 고모님은 그것을 보고 이
슬이 비치는 거라고 했다. 이제 아기가 나온다는 신호라는 거
다. 보통 이슬이 비치고 12시간에서 24시간쯤 지난 후에 아기
가 나온다고 했다. 이제부터 마음의 준비를 해야 하나 보다. 나
는 샤워를 하고 병원에 갈 준비를 했다. 배가 점점 싸르르 아프
기 시작했다. 고모님은 등을 쓸어주었고, 간간이 조금 덜 아픈
것 같기도 했다. 진통 간격이 점점 줄어들면서 나는 사회복지
사 선생님과 함께 병원으로 갔다.

그에게 전화는 했지만 언제 도착할지 모르는데…, 아기를 낳
기 전에 왔으면 좋겠는데…, 그런 걱정으로 의사 선생님께 물
어보았더니 아기가 나오려면 아직도 멀었단다. 전화를 받은 그
는 나보다 더 허둥대는 것 같았다. 많이 떨리는 모양이다. 생전
처음 겪는 경험일 테니까.

너무나 아팠다가도 잠깐 졸음이 오고 또 아팠다가 졸음이 오
고… 그러기를 반복했던 것 같다. 그렇게 몇 시간을 힘들게 진
통하는 사이 그가 내 옆에 와 있었다. 그의 눈이 벌겋게 충혈된
걸 보니 갑자기 눈시울이 뜨거워졌다. 괜찮아, 괜찮아, 나, 잘할

수 있어…. 그는 땀에 젖은 내 머리를 쓰다듬으며 "사랑해, 사랑해."라고 말해주었다. 내 눈에서도 눈물인지 땀인지 모를 것이 정신없이 흘러내렸다.

그리고 난 아기를 낳았다. 건강한 여자아이였다. 처음으로 안아본 아기의 피부는 너무나 부드러웠다. 내 뱃속에서 열 달 동안 함께했던 아기…. 하지만 이제 곧 나에 대한 기억을 지워야 할 아기….

아기를 낳고 난 후 내 얼굴은 얼룩덜룩해졌다. 아기를 낳을 때 얼굴에 힘을 주는 바람에 얼굴과 목에 실핏줄이 터진 것이다. 그는 그래도 예쁘다며 내 손을 꼭 잡아주었다. 예쁜 꽃바구니까지 안겨주며 나를 위로해 준 사람… 그래, 그가 있어 난 외롭지 않다. 저렇게 맑은 눈망울의 아기를 멀리 보내야 하는 처지가 괴롭지만, 그래도 이겨나갈 수 있겠지. 그가 내 옆에 있어 줄 테니까….

아기를 포기하고 입양동의서에 서명을 하면서 마지막으로 아기를 안아보았다. 마음속으로 뱃속 깊이 미안하다는 마음을 전했다. 우리의 형편으로는 아직 너를 키울 수가 없구나. 이렇게 일찍 너를 낳게 된 이 엄마는 정말 할 말이 없구나.

훗날 아기가 날 원망할까? 좋은 가정에서 훌륭하게 자라기를 바라지만, 몇 훗날이라도 난 우리 아이를 만나고 싶다. 어른이 되어 자기를 낳아준 친엄마를 만나고 싶어 한다면 난 기꺼

이 아이를 만나고 싶다. 그때 모든 것을 이야기해 주고 싶다. 아직 어리고 무능한 지금의 내 얘기를…. 하지만 누구보다 너를 사랑했고, 좋은 환경에서 행복하고 건강하게 자라기를 한순간도 빠짐없이 기도해 왔노라고….

아가야, 부디 건강하고 예쁘게 잘 자라주렴.

• 글쓴이 │ 강순정(21세)

내 앞의 어둠을 걷으며

　내 나이 열여덟. 아직 엄마가 되기엔 이른 나이다. 교복을 입고 친구들과 어울려 떡볶이를 먹으러 다니거나 학교와 학원을 왔다 갔다 할 나이에 난 어른들의 세상에 들어와 있다. 짙은 화장과 길게 다듬은 손톱, 술과 담배, 피임약과 여관…. 이런 것들이 익숙해져버린 내 생활이 진저리가 난다. 다시 시간을 돌이킬 수만 있다면 난 모든 것을 다시 시작하고 싶다. 남들처럼 엄마가 싸준 도시락을 들고 투덜거리며 학교로 향하는, 그런 시간으로 돌아갈 수만 있다면….

　내 인생이 이렇게 엉키기 시작한 것은 엄마가 돌아가신 다음부터다. 엄마는 1년 전 폐암으로 돌아가셨다. 까맣게 변해버린 얼굴로 고통스러워하던 엄마 얼굴을 어떻게 잊을 수 있을까.

도저히 마음을 잡을 수 없던 나는 집을 뛰쳐나오고 말았다. 그 전부터도 우리집은 평탄하지 않았다. 사업에 실패한 후 아버지는 바깥으로 나돌았고, 엄마는 오래전부터 병색이 짙어 우리를 돌보는 일도 힘겨워했다.

초등학교 때까지는 나도 제법 똑똑하다는 소리를 듣고 공부도 잘했다. 그때까지만 해도 우리 집은 남들처럼 평범하고 화목한 가정이었다. 그러다 내가 중학생이 되고부터 집안 분위기가 완전히 달라졌다. 아버지의 사업이 실패하면서 우리 집은 빚더미에 앉게 되었다. 아버지는 도망을 다녔고, 엄마는 빚쟁이들을 상대해야 했다. 매일 시끄러운 집에 들어가야 하는 게 지옥 같았다. 학교도 가기 싫었다. 과외나 학원에 다니는 아이들 속에서 그럴 능력이 없는 집 아이들은 물 위에 뜬 기름 같았다. 학교도, 집도 내가 있을 곳은 없었다.

나는 방황하기 시작했다. 친구들과 어울려 외박도 하고 학교를 빼먹기도 했지만, 나에게 관심을 갖는 사람은 아무도 없었다. 모든 게 짜증이 났다. 그냥 무작정 친구들과 어울려 세상에 반항하듯 살고 싶었다. 그러다 엄마의 죽음을 맞게 된 것이다. 그렇게 쉽게 돌아가실 줄 몰랐는데, 엄마는 우리를 두고 세상을 떠났다. 그동안 따뜻하게 챙기지 못했던 사실이 너무나 가슴 아팠다. 죄책감으로 가슴이 터질 것만 같았다. 나는 그예 집을 나와버렸다.

무작정 집을 나오긴 했지만, 정작 갈 곳이 없었다. 같이 어울리던 친구들과 야간열차를 타고 멀리 충청도까지 갔다. 아는 사람이 아무도 없는 곳이었다. 그냥 기차역에서 막연히 눈에 띈 곳으로 방향을 잡은 것이다. 까만 밤공기 속에 대전이라는 낯선 도시에 내린 우리는 허름한 여관에 자리를 잡았고, 그곳에서 아르바이트를 구했다. 호프집 아르바이트였다.

나는 술을 잘 마시는 편이다. 웬만한 오빠들이랑 마셔도 끝까지 갈 만큼 술이 셌다. 중학교 때부터 홀짝홀짝 마셨던 탓이기도 하겠지만, 말술을 마신다는 우리 아빠 내력을 물려받았는지도 모르겠다. 호프집 일을 하다 보니 술 마실 일이 많아졌고, 술은 더 늘어만 갔다. 간혹 옆자리에 어린 나를 앉히고 술을 권하는 아저씨들도 있었다. 이렇게 놀고 들어가서 자기 자식들한테는 뭐라고 할까⋯. 혐오스럽기도 했지만, 한편으로는 그런 일이 재밌을 때도 있었다.

낮에는 쇼핑을 하고 놀러 다니다 보면 돈 쓸 곳이 왜 그렇게 많은지⋯. 주머니에 들어오는 돈의 유혹 때문에 나는 점점 나쁜 유혹에 빠져들게 되었다. 술을 파는 노래방에서 아저씨들을 상대하는 일도 하게 되었다. 처음에는 돈 때문에 몸을 함부로 하는 생활이 괴로웠지만, 금세 그런 생각은 잊게 됐다. 어차피 영원히 할 일도 아니고, 돈이나 벌면 그만이다 싶었다. 하지만 내 생활은 점점 망가지고 있었다.

함부로 살았다. 내일에 대한 계획 따위 없이 그저 하루하루를 때우는 생활이었다. 모으기는커녕 나가는 돈이 더 많아졌다. 술을 하다 보니 담배도 쉽게 배웠고, 퇴폐적인 생활도 내 일부가 되어버렸다. 남자들과 어울리다 술김에 잠자리를 함께한 적도 있었다.

그러다 한 남자를 만났다. 자주 찾아와 나를 편하게 대해 주었던 사람. 그와 나는 사귄 지 얼마 안 돼 동거를 시작했다. 아마 한 달 정도 함께 살았던 것 같다. 그렇다고 집을 얻어 정식으로 살림을 했던 건 아니다. 그저 매일 밤, 잠자리를 같이했을 뿐이다. 여관이나 모텔을 돌아다니며 우리는 함께 지냈다.

그는 재밌고 편안한 사람이었지만, 한심한 사람이었다. 아무일도 하지 않은 채 술이나 마시면서 세월을 보내는 사람이었으니까. 그러다 문득 정신이 들었다. 이런 생활을 오래 할 수는 없었다. 나는 더 이상 방황하지 말자고 결심했고, 그해 겨울 집으로 돌아왔다.

집에 돌아와 다시 학교 갈 준비를 하고 있을 때, 나는 내 몸에 변화가 생긴 것을 알았다. 피임약을 챙겨 먹으며 조심했지만, 가끔 방심할 때도 있었는데 그게 그만 이런 결과를 가져온 모양이다. 그에게도 임신 사실을 알렸지만, 특별한 대책은 없었다. 자기 앞가림도 못하는 남자가 나를, 또 새 생명을 어떻게 책임질 수 있겠는가. 속이 상했다. 술을 마셨다. 친구들과 어울려 엉망으로 취하도록 술을 마셔댔다. 그러면 혹시 아기가 떨어지지 않을까 하는 생각도 했다. 걱정 때문인지 술을 마시지 않으면 잠도 오지 않았다. 다시 집을 나왔다.

낙태라는 말이 낯설지는 않았다. 같이 일하던 친구 중에도 낙태를 하는 경우가 많았으니까. 학교 다닐 때 선배들이 '낙태계'라는 것을 한다는 얘기도 들었다. 미리 돈을 모아서 계를 들었다가 그중 누군가가 낙태를 하게 되면 목돈을 만들어주는 거라고 했다. 그때는 그런 아이들을 경멸했던 나였다. 도대체 어쩜 그렇게 뻔뻔스럽게 낙태라는 말을 쉽게 입에 올리고 낙태계까지 만들 수가 있나 생각했다. 그건 그만큼 남자하고 관계를 자주 한다는 말인데, 그것까지도 기막히게 느껴졌다. 그런데 이제 내가 그런 무리에 속해 있는 거다.

내 친구들 중에도 낙태를 한 아이들이 많았다. 내가 임신 사실을 알리고 고민했을 때, 낙태를 싸게 해준다는 병원을 알려준 친구도 있었다. 하지만 난 차마 그럴 수가 없었다. 비록 나도 몸을 함부로 처신했던 무리에 속했지만, 그렇다고 아무렇게나 생명을 없앨 수는 없었다. 남의 얘기라면 고개를 끄덕일 수도 있겠지만, 막상 내 일이 되고 보니 더더욱 그럴 수가 없었다. 생명을 죽이는 일이 아닌가. 머리가 아팠다. 죽이지 않는다면 낳아서 또 어떻게 하겠다는 말인지….

어쨌든 배가 점점 불러올 테니 집에 있을 수는 없었다. 엄마가 돌아가신 후 살림을 해주시는 할머니의 눈을 속일 자신도 없었고, 집이라고 맘 편히 쉴 수 있는 곳도 아니었기 때문이다. 다시 친구들이 있는 대전으로 내려가 호프집에 취직했다. 예전에 일했던 곳과는 달리 깔끔한 곳이었고, 서빙만 하면 되는 곳이었다. 거기서 나는 또 한 남자를 만났다.

그는 그 집에 술을 배달해 주는 사람이었다. 나보다 한 살 위인 그와는 금세 이야기가 통했고, 배달이 없을 때도 날 만나러 오곤 했다. 그는 집안 사정 때문에 고등학교를 그만두고 일하고 있다고 했다. 술기운 때문이었는지, 그가 편해서였는지, 나는 내 처지에 대해서도 털어놓고 말았다. 임신을 했다는 사실까지도…. 그 말을 듣자 잠깐 놀란 표정이던 그는 내 술잔을 확 뺏어갔다. 아기를 생각하라며….

다음 날 술이 깰 때쯤 나는 후회가 됐다. 좋은 친구가 될 수도 있었는데, 내가 다 망쳐버린 것 같았다. 임신까지 한 내게 실망을 하고 멀리 떠날 것만 같았다. 그는 나를 여자로 대한 것 같았는데…. 그런데 그에게서 전화가 왔다. 따끈한 국물이나 먹으러 가자며 데리러 오겠다고 했다.

그리고 그는 나의 애인이 됐다. 내게 실망하지 않았느냐는 말에 그는 자신이 지켜주겠다는 말로 대신했다. 오히려 무책임하게 나를 버려둔 옛 남자에게 화를 냈다. 지금 자기 앞에 그 자식이 있다면 죽도록 때려주고 싶다며….

사랑의 힘이라는 게 이런 걸까? 나는 난생 처음 사랑을 느꼈다. 나를 진정으로 아껴주고 받아주는 사람에게 기대고 싶어졌다. 그리고 처음으로 아기에 대한 염려도 하게 됐다. 나도 모르게 아기에 대한 책임감이 느껴졌다. 내 몸에서 자라나는 이 아기를 건강하게 키워야겠다는 생각이 들었다. 아기를 생각해서 술도 끊었다. 담배도 끊으려고 노력했다. 술보다 담배가 끊기 어려웠지만, 최대한 노력을 했다. 산부인과 병원도 찾아가봤다. 그가 옆에 있어주었다. 술과 담배를 해왔노라고 고백했더니, 선생님은 앞으로라도 조심하라고 했다. 초음파 사진으로는 이상이 없다는 말에 난 한시름 놓았다.

출산할 달이 다가오자 그와 의논 끝에 나는 미혼모 쉼터에 들어가기로 했다. 아무래도 만삭의 몸으로는 일하는 것도 힘들고, 언제 아기를 낳을지 모르니 기관의 도움을 받는 게 좋을 것 같다는 생각에서였다. 광주까지 내려가야 하는 것이 좀 아쉬웠지만, 나는 짐을 싸서 쉼터로 들어갔다. 그곳에서 좋은 강의도 듣고 많은 것을 배우며, 내 자신에 대해서 생각해 볼 기회도 갖게 되었다.

그동안 나는 세상의 어둠 속에서 살아왔던 것 같다. 내가 겪은 작은 불행들을 원망만 하면서 어둠 속으로 더 깊이 들어가고 있었던 것 같다. 하지만 돌아보면 날 위해주고 도와줄 수 있는 밝은 곳이 바로 이 세상인데… 아무 연고도 없는 나 같은 사람을 먹여주고 재워주고 염려해 주는, 이런 기관이 있다는 사실도 나를 감동하게 했다. 그리고 무엇보다도 다른 남자의 아기까지 갖고 있는 나를 사랑으로 받아준 그 사람의 존재에 깊이, 깊이 감사했다. 처음으로 나는 정말 복이 많은 사람이라는 생각을 하기도 했다.

열 시간 동안의 진통 끝에 나는 아기를 낳았다. 남자아이였다. 이상하게도 고통스러운 진통의 순간에 엄마 생각이 참 많이 났다. 엄마가 지금 하늘나라에서 날 지켜보고 있을 것만 같았다. 내가 조금만 더 철이 들었더라면 엄마를 그렇게 쓸쓸히 떠나게 하진 않았을 텐데… 죄송해요, 죄송해요 엄마. 엄마도 이렇게 아파하며 저를 낳으셨겠죠? 그런 내가 나쁜 짓만 하며 돌아다니는 것을 지켜보고 얼마나 가슴 아프셨어요?

눈물이 앞을 가렸다. 무사히 아기를 낳고 나서 난 다시 엄마를 떠올렸다. 고마워요 엄마, 엄마가 지켜봐주신 거 다 알아요. 그러니 이렇게 무사히 아기를 낳았죠. 이젠 맹세할게요. 다시는 엄마에게 부끄러운 딸이 되지 않겠다고… 엄마가 하늘나라에서 우리 아기 좀 지켜봐주세요. 우리 아기는 이제 곧 내 곁에서 멀리 떠나겠지만, 어디에 있든 엄마가 지켜봐주세요.

아기를 받아들자 가슴이 찡했다. 임신 중에도 생각 없이 술과 담배를 했었기에 걱정도 많이 했다. 혹시 나의 어리석은 행동 때문에 아기에게 장애라도 생겼으면 어쩌나 마음이 무거웠다. 하지만 다행히도 아기는 모든 게 정상인 채 천사 같은 모습으로 태어났다.

아기를 안은 순간, 내가 키우고 싶다는 생각이 강하게 들었다. 내가 우유 먹이고 지저귀 갈아주면서 밤새 지켜주고 싶다는 생각이 들었다. 언젠가 사회복지사 선생님이 해줬던 이야기가 생각났다. 아기를 낳고 나면 애처롭고 예쁜 모습에 다들 키우고 싶어 하지만, 아기를 키우는 것은 현실이라 여러 가지 여건과 준비가 되어 있지 않으면 너무나 힘든 일이라고 했다.

우리 아기…. 단 몇 시간 같이 있었을 뿐인데 몇 년을 함께 지내온 것처럼 다정하게 느껴진다. 하지만 우리 아기는 이제 다른 누군가의 손에 의해 자랄 것이다.

몸조리를 하면서 수시로 아기를 보러 갔다. 처음에는 아기를 안는 것조차 어색했다. 목을 못 가누니 어떻게 안아야 할지 알 수가 없었다. 그래도 아기는 내가 안아주면 말똥말똥한 눈으로 날 바라보았다. 날 오랫동안 기억해 두려는 것일까?

아기를 뒤로 하고 나는 다시 대전으로 돌아왔다. 그리고 한

동안 입에 대지 않던 술을 다시 마셨다. 잠이 오지 않았다. 아기가 나를 부르는 것 같아서 견딜 수가 없었다. 갑자기 아기가 보고 싶어서 광주의 사무실에 전화도 여러 번 했다. 전날 밤 술을 마시며 보고 싶은 마음에 찾아가겠다고 마음먹었다가도, 아침이 되면 마음을 접었다. 술 냄새 풀풀 나는 못난 엄마 모습을 아기에게 보일 수는 없었다. 하지만 이것이 마지막이다. 이젠 달라질 것이다.

그의 말처럼 난 아기를 잊어야 한다. 아기를 위해서도…. 이제 내게서 어둠을 걷으려 한다. 이제까지의 내 삶에 굵게 선을 긋고 지금까지의 내 모습과는 다른 모습으로 새 삶을 시작하려 한다. 언젠가 나이가 들어 내 인생을 되돌아볼 때 더 이상의 후회는 하지 않도록 성실하게 꾸려나갈 것이다.

나는 아기를 버린 죄인이다. 하지만 그런 생각도 잊으려 한다. 그 빚을 갚는 방법은 내가 열심히 사는 방법밖에 없다는 것을 알기 때문이다. 언제 어디서 마주치더라도 우리 아가에게 당당하고 자랑스러운 엄마가 될 수 있도록, 나는 지금부터 다시 설 것이다.

• 글쓴이 | 이서원(고2)

부치지 못한 편지

엄마랑 나는 매일 밤마다 기도했다.

"하나님, 이 세상에 있는 모든 술이란 술은 다 없애주세요."

술을 마셔서 직업을 못 구한 건지, 직업을 못 구해 술을 마시게 된 건지 모르겠지만, 일자리도 없는 우리 아빠는 거의 알코올중독자나 마찬가지였다. 하루도 술 없이 살지 못했다. 아빠 대신 일을 나가던 엄마는 집안 살림도 해야 하고 끼니가 떨어지면 돈까지 빌리러 다녀야 했지만, 고맙다는 말 대신 주먹질을 당해야 했다. 아빠는 술에 취하면 엄마를 때렸다. 집안은 나날이 쪼들려 갔고 엉망이 됐다. 결국 참다못한 엄마는 내가 초등학교 5학년 때 아빠와 이혼을 했다.

그런데 우리는 아빠와 살게 되었다. 능력도 없으면서 아빠는 언니와 나를 엄마에게 절대로 줄 수 없다고 했고, 엄마는 그런 아빠가 끔찍했던지 우리를 놔두고 그냥 나갔다. 엄마와 헤어진 후 아빠의 술버릇은 좀 잠잠해졌다. 아빠가 혹시 엄마 때문에 술을 마셨던 건 아닐까 싶을 정도로 아빠의 술 마시는 횟수가 줄었다. 어쩌면 가장이라는 책임감을 뒤늦게 느끼게 된 것인지도 모르겠다.

내가 중학교에 들어가던 해, 우리 집 엄마의 자리에 한 여자가 들어왔다. 아빠의 새 여자였다. 정식으로 결혼을 한 것도 아니고 그냥 동거를 시작한 것인데, 그 기간은 그리 길지 못했다. 들어올 때부터 몸이 약했던 그 여자는 1년이 조금 지나 죽고 말았다. 우리는 정확한 병명도 알지 못했다. 사실 관심도 없었다.

그런데 그 후 아빠의 술버릇이 또다시 시작되었다. 매일같이 술을 마셨고, 술에 취하면 많지도 않은 집안 살림을 부수기도 했다. 가족을 소중히 여기지 않는 아빠라는 사람이 정말 보기 싫었다. 집은 지옥 같기만 했다. 무능하고 술밖에 모르는 아빠가 죽어버렸으면 좋겠다는 생각도 했다. 그럼 차라리 홀가분할 것 같았다.

언니는 조용히 집안 살림을 챙기면서 학교에도 열심히 다녔지만, 나는 그럴 마음이 생기지 않았다. 사춘기가 되면서 더 숨이 막혔다. 가난한 우리 집이 싫었고, 우리를 창피하게 만드는 아빠가 싫었다. 그래서 나는 방황하게 되었다.

집을 나가 며칠씩 돌아다니기도 하고, 호기심에 위험한 일들을 저지르기도 했던 나는 우연히 한 오빠를 알게 되었다. PC방에서 만난 오빠는 학생이 아니었다. 고등학교 2학년 때 중퇴를 하고는 특별한 직장도 없이 방황했던가 보다. 고향은 부산이었지만 이곳 울산까지 와서 PC방 아르바이트를 하면서 지내고 있었다. 집에 들어가기 싫었던 나는 PC방에서 보내는 시간이 많았다.

그 무렵 아빠는 손찌검까지 하기 시작했다. 더 이상 참을 수 없어 아빠 앞에서 벽에 술병을 던져버리고 나는 집을 나왔다. 차가운 밤길을 걸어 나오면서 다시는 집에 들어가지 않겠다고 굳게 다짐했다. 그리고 마음속으로 외쳤다. '나는 고아다. 나는 고아다!'

곧장 오빠가 일하는 PC방으로 찾아간 나는 그날부터 오빠의 집에서 함께 생활했다. 처음부터 오빠랑 특별한 관계였던 것은 아니다. 그냥 친절한 오빠일 뿐이었고, 그 집은 오빠가 혼자 사는 곳이라 맘 편히 드나든 것뿐이었다. 그런데 좁은 집에서 함께 지내다 보니 자연스럽게 특별한 관계가 되었다. 오빠를 위해서 밥을 하고, 빨래를 하고, 오빠의 팔을 베고 함께 잠자리도 했다. 너무나 자유로웠다. 오빠 품에 안겨서 잠을 자는 것도 좋았고, 자고 싶을 때 자고, 먹고 싶을 때 먹고… 뭐든 우리 맘대로 할 수 있는 것도 좋았다. 모든 게 좋았다. 무엇보다, 아빠의 술 취한 얼굴을 보지 않아도 된다는 게 정말 좋았다.

난 학교도 그만두었다. 겨우 중학교 2학년이었는데 무작정 학교를 나가지 않다 보니 제적이 됐다. 학교가 싫었던 것은 아니었다. 공부가 재미있다고 생각한 적도 있었다. 하지만 아이들이 싫었다. 부모 잘 만나 편하게 공부하면서 배부른 투정이나 하는 애들이 꼴 보기 싫었다. 신형 휴대폰이 나올 때마다 바꿔 사고 용돈을 펑펑 쓰면서 잘난 척하는 애들도 재수 없었다.

내 친구 중에는 채팅으로 만난 아저씨한테 휴대폰을 받은 아이도 있었다. 보나마나 원조교제를 하는 것이었다. 그런 아이들은 옷이며 가방이며 신발을 비싼 것들로 치장하고 다녔다. 내게도 은근히 그런 일을 권했지만, 난 그러고 싶지 않았다. 그런 식으로 인생을 망치고 싶지 않았다. 지금 방황하고 있지만, 아빠처럼 실패한 인생이 되지 않게 위해서라도 돈을 벌고 성공도 하고 싶었다.

오빠 집에 있으면서 나는 중졸 검정고시를 치렀다. 조금씩 내 인생을 개척해야 한다는 생각이 들었기 때문이다. 그러다 문제가 생겼다.

가출해서 갈 곳이 없는 친구를 데려와 오빠 집에서 며칠 함께 지낸 적이 있었는데, 그 친구의 부모님이 가출신고를 하는 통에 경찰서에서 찾아온 것이다. 경찰은 내게도 부모한테 연락을 하라고 했다. 할 수 없이 나도 오빠 집에서 나올 수밖에 없었다. 하지만 아빠한테는 연락하고 싶지 않았다. 겁도 났지만 내키지도 않았다. 그래서 엄마가 사는 집 전화번호를 댔고, 그 길로 나는 엄마와 함께 생활하게 됐다.

아빠와 함께 살 때는 엄마가 그리웠던 적도 많았다. 그럴 때 면 엄마한테 전화도 했고, 몇 번 찾아간 적도 있었다. 엄마는 혼자 힘으로 살아가느라 힘들었던 것 같다. 나랑 언니 걱정을 하기는 했지만 항상 지치고 피곤한 모습이었다. 그래도 아빠 집에 다시 들어가는 것은 죽기보다 싫었기 때문에 엄마 집으로 들어갔던 것이다. 그런데 얼마 지나지 않아 그곳도 내가 있을 곳이 아님을 깨닫게 되었다.

막상 엄마와 지내다 보니 나에 대해 사사건건 간섭하고 잔 소리하는 것은 엄마도 다를 것이 없었다. 매사를 이해하기보 다 야단치려고 하는 엄마가 야속했다. 치마가 그게 뭐냐, 머리 가 왜 모양이냐, 공부는 언제 하느냐…. 세상의 모든 엄마들이 그러는지는 모르지만, 한 번도 눈감아주지 않고 잔소리를 해댔 다. 조금만 더 참고 나를 이해해 주면 좋을 텐데….

엄마의 태도를 보면서 차츰 엄마에게도 내가 반가운 존재가 아니라는 생각을 하게 되었다. 그리고 그럴 수밖에 없는 이유 가 있다는 것도 알게 되었다. 언젠가 집에 들어오는데, 현관에 낯선 남자의 신발이 있었다. 그 후로도 여러 번 그 남자는 집에 드나들었고, 엄마의 애인이라는 사실을 눈치 챘다. 내가 결혼할 사이냐고 물었을 때도 엄마는 신경질만 냈다. 내가 엄마에게 불편한 존재라는 것을 느끼자 난 또다시 밖으로 나돌게 되었고, 엄마와 마주칠 때면 싸움만 반복했다.

엄마에게 실망하면서 모든 게 시들해졌다. 그나마 기분전환이 됐던 오빠마저 점점 싫어졌다. 오빠 집을 나온 후에도 연락은 하고 지냈지만 처음처럼 그렇게 좋지는 않았다. 컴퓨터 앞에만 앉아 있으려는 오빠의 성격이 답답하게만 느껴졌다. 내성적이고 소극적인 것도 싫었다. 특별한 직장이 없는 것은 둘째 치고서라도, 젊은 나이에 미래에 대한 대책도 없고 꿈도 없고 의욕도 없는 오빠가 도대체 뭘 해서 먹고 살까 생각해 보니 막막했다. 하는 일이라곤 컴퓨터 게임과 홈페이지 제작하는 취미가 고작인데, 그 일을 활용해서 앞날을 설계해 보면 좋으련만, 그런 데는 관심도 없었다. 컴컴한 PC방에 박혀 있는 것이 최고로 재미있다는 남자였다. 누군지 저런 남편을 만나면 평생 고생하겠다 싶었고, 내가 그 누군가가 되고 싶지는 않았다, 결코! 내 인생을 바꾸고 싶었다. 난 오빠와 헤어지기로 결심했다. 난 휴대폰 번호를 바꿨고, 그렇게 헤어졌다.

아르바이트를 구했다. 돈 때문에 엄마랑 싸우는 일에도 지쳤고, 내 앞가림도 해야 할 것 같았기 때문이었다. 주유소에 기름 넣는 일을 시작했다. 힘들기는 해도 가만히 앉아 있는 것보다는 나은 것 같았다. 활달한 내 성격 때문에 칭찬도 많이 받았다. 그런데 어느 날인가부터 휘발유 냄새에 구역질이 났다. 속이 안 좋아서 그러나 했는데, 며칠이 지나도 달라지지 않았다. 화장실에 가서 토하고 오기까지 했다. 안 하던 일을 하다 보니 몸이 약해진 것 같았다. 함께 일하던 오빠들은 몸 안에 회충이 있으면 그런다며 놀렸고, 그 말에 약국에서 회충약까지 사먹어 봤지만 달라지지 않았다. 이 일이 나한테 맞지 않는가 싶어 나는 일자리를 바꿨다.

패스트푸드점으로 옮겼지만 속이 울렁거리는 증세는 다시 나타났다. 처음 며칠은 긴장해서 그랬는지 괜찮았는데, 날이 지날수록 기름 냄새가 역겨워서 견딜 수가 없었다. 콜라를 살짝살짝 빼서 마시며 겨우 버텼지만, 도저히 더 이상은 견딜 수가 없었다. 그러다 내 머릿속에 끔찍한 생각이 스쳐갔다. '혹시 입덧이 아닐까?'

오빠와 헤어진 후 몇 달째 생리가 없었다. 생리가 불규칙적인 편인 데다가 관계 후에는 이상하게 더 불규칙적이 되곤 해서 생리가 없어도 별로 신경을 안 썼는데, 갑자기 정말 이상한 느낌이 들었다. 너무나 초조했다. 그때부터 며칠을 더 기다려봐도 생리는 나오지 않았고, 울렁거림도 가시지 않았다. 두근거리는 마음으로 약국에 가서 임신진단시약을 사왔다. 테스트

결과는 날벼락 같았다. 임신이었다.

눈앞이 깜깜하다는 것이 이런 것이구나 싶었다. 정말 눈앞에 보이는 것이 하나도 없이 깜깜했다. '낙태를 해야 해' 결심은 했지만, 겁이 났다. 하지만 오빠한테 다시 연락을 하고 싶지는 않았다. 돈을 구할 길이 없었다. '아르바이트 한 돈이나 잘 모아둘걸…' 하는 생각이 뒤늦게 들었지만, 이미 다 써버린 다음이었다. 엄마에게 얻어내는 것도 어림없었다. 메이크업 학원에 다니겠다고 했다가 정신병자 취급까지 받았는데, 그 큰돈을 어떻게 받아낸단 말인가.

그런데 옷가게로 일자리를 바꾸어서인지 아니면 입덧이 없어진 건지 언제부턴가 울렁거림이 없어졌다. 그러는 동안 배가 조금씩 튀어나왔다. 더 이상 시간을 끌면 안 될 것 같아 병원을 찾았다. 그런데 내 숨을 턱 막히게 하는 소리를 들었다. 벌써 임신 7개월이 돼서 낙태를 하기 어려운 데다 억지로 하더라도 비용이 2백만 원이라니! 난 그냥 뒤돌아서서 나왔다. 돈을 좀 만들어볼까 하는 마음에 아르바이트도 열심히 했다. 용돈도 거의 쓰지 않고, 친구들과 노는 것도 자제했다. 그렇지만 그 돈은 내가 감당하기에 너무 큰 액수였다.

내 신세가 너무나 처량했다. 내 행동에 대한 결과이긴 하지만, 임신이라는 큰일이 닥친 것도, 그걸 대처할 능력조차 없는 것도, 또 의논할 사람 하나 없다는 사실도 나를 너무 비참하게 했다. 친구들한테라도 얘기해 보고 싶었지만, 그러다 오빠 귀에 들어갈까 봐 입을 다물고 말았다. 어차피 내가 겪어야 할 일이고, 어떻게든 헤쳐가야 한다는 생각뿐이었다. 아무것도 모르고 날카롭게 잔소리만 하는 엄마와도 편하지 않았다. 얼굴을 마주할 때마다 전쟁이었고, 그럴 때마다 엄마가 야속해서 나도 못된 말을 퍼붓곤 했다.

배가 많이 불러와 결국 일자리도 그만두고 있을 곳을 찾아야 했다. 그러다 미혼모들을 위한 쉼터라는 곳을 알게 됐다. 나는 엄마에게 집을 나가겠다고 선언한 뒤 짐을 꾸려서 쉼터에 들어와버렸다. 잠깐 머물다 아기만 낳고 나가야 하는 곳이지만, 나는 이곳을 나간 뒤에도 엄마 집에선 같이 살 수 없다는 것을 느끼고 있었다. 그런데 엄마는 야속하게도 그런 순간을 기다리고 있었나 보다. 쉼터에 들어온 뒤 연락을 해보니 엄마는 그새 이사를 해버렸다. 겨우 일주일이 조금 넘었을 뿐인데….

아이를 낳을 날이 다가왔다. 마음을 단단히 먹고 병원으로 갔는데 의사 선생님은 생각지도 못했던 말을 했다. 내 골반이 협소해서 제왕절개를 할 수도 있다는 것이다. 그런데 마취에 수술까지 하는 것이라 부모님의 동의가 있어야 한다고 했다.

'아, 나는 내 이렇게 운이 없을까. 이런 일까지 닥치다니….'

겁이 났다. 죽을 수도 있다는 생각도 들었다. 그러자 아빠 얼굴이 떠올랐다. 엄마는 연락처도 모르는 상태였으니까. 언니에게 전화를 하자 언니는 울먹이며 아빠를 바꿔주었다.

아빠가 찾아왔다. 내가 아이를 낳는 날, 아빠가 옆에 있었다. 내가 그토록 원망하고 미워했던 아빠가 나를 지켜주러 온 것이다. 다행히 나는 제왕절개를 하지 않고 자연분만을 했다. 아기도 건강하다고 했다. 아빠는 아무 말도 없었다. 하지만 나는 보았다. 누워 있는 내 어깨를 툭툭 두드려주던 아빠의 눈자위가 붉어진 것을…. 아빠는 아기를 입양시키는 데 필요한 입양동의서에 사인을 해주고는 언니에게 나를 맡기고 병원 문을 나섰다. '아빠… 아빠….'

고맙다는 말을 하고 싶었는데 입 밖으로 말이 나오지 않았다. 그동안 내내 밉고 원망스럽기만 했던 아빠였지만, 아빠는 내가 가장 힘들 때 내 곁에 있어주었다. 아빠를 배웅하고 들어온 언니 손에는 10만 원짜리 두 장이 쥐어 있었다.

"아빠가 주신 거야. 몸조리 잘 하고 돌아오라고."

눈물이 흘러내렸다. 아마 수십 년 동안 몸속에 고여 있던 눈물일 것이다. 내가 그토록 미워했던 아빠가 나와 내 아기의 생명을 지켜주었다. 아빠가 없었다면 난 아마 세상을 포기하고 싶었을지도 모른다. 뒤엉키고 엉망이 된 내 인생이 지겨워서 포기하고 싶다는 생각도 했었다. 함부로 살아볼까 하는 생각도 했었다. 세상에 복수하듯이 되는 대로 살아볼까 하는 생각도 했었다. 하지만 이젠 아니다. 난 다시 태어나야 한다.

쉼터에서 지내는 마지막 주에 우리는 모두 각자 보내고 싶은 사람에게 편지를 썼다. 아기에게, 남자친구에게, 아기를 데려갈 양부모님에게, 부모님에게… 누구에게든. 나는 그때 아빠에게 편지를 썼다.

'아빠, 죄송해요. 그리고 고마워요.'

태어나서 아빠한테 처음 써보는 그 편지는 언제 아빠에게 전달될지 모른다. 나는 부치지 않았다. 아마도 그 편지를 부치기에는 더 많은 용기와 시간이 필요할 것 같다.

대신 나는 머지않아 입양될 아가에게 편지를 남겼다. 나 같은 엄마를 만나게 된 것을 원망하지 말아달라고, 버려진 아이라는 생각보다 자기의 인생이 얼마나 소중한지를 꼭 생각해 달라고, 그리고 엄마라 불릴 자격도 없는 이 어린 엄마도 부디 용서해 주길 바란다고….

• 글쓴이 | 김명주(중3)

죽음의 문턱에서 돌아오다

사무실 전화벨이 요란하게 울렸다. 마침 사무실에 계신 사회복지사 선생님 두 분은 모두 통화중이었다. 또 한 번 전화벨이 울리자 건너편의 정 선생님은 나보고 대신 받으라는 손짓을 했다.

"여보세요, 대한사회복지회입니다."

"여기, 산부인과거든요. 정 선생님 계세요? 급한데… 여기 약 먹은 산모가 있어요."

"네? 저기요, 잠깐만….."

난 하마터면 전화기를 떨어뜨릴 뻔했다. 급히 정 선생님에게 전화기를 돌렸다. 전화기를 건네받은 정 선생님의 표정은 어두웠다.

전화를 끊고 서둘러 외출 준비를 하며 선생님이 전해준 이야기로는, 새벽녘에 약을 먹은 어린 산모가 시골 산부인과에 와 있다고 한다. 만삭이 된 아기라도 살리기 위해 제왕절개를 했는데, 아기도 위험한 상태라며 도움을 요청했다는 것이다. 산모는 임신 사실이 드러날까 두려워서 약을 먹었다고 한다.

'하나님, 하나님….'

가슴에 뭔가 묵직한 것이 내려앉는 것 같았다. 황급히 나가는 선생님의 뒷모습을 보고 나도 쉼터로 돌아왔다. 나오는 길에 버릇처럼 고개를 왼쪽으로 돌렸다. 오른편에 보이는 고층 아파트를 나는 애써 외면했다. 아니, 외면해야 했다. 우리 아기에게 공포로 남아 있을 그 기억을 지워주기 위해서라도….

두 달 전쯤, 아파트 옥상에 올라갔다. 원래 높은 곳을 무서워해서 놀이기구도 잘 타지 못하는 내가 아파트 옥상까지 올라갔다. 죽으려고 했다. 돈도 없고 무섭기도 해서 낙태도 못했는데, 배는 자꾸만 불러왔다. 학원 선생님이 자꾸 의심스러운 눈빛으로 쳐다보는 것도 불안했다. 집에서 알게 되는 것도 시간문제라는 생각이 들자 더 이상 갈 곳이 없었다.

엄마가 이 사실을 알면 같이 목을 매고 죽자고 할 것이다. 그렇게 죽는 것보다는 나 한 사람이 없어지는 게 낫다. 아빠가 일찍 돌아가시고 엄마 혼자 얼마나 힘들게 나를 키워왔는지 잘 안다. 그런 엄마 눈에 피눈물이 쏟아지는 것을 내 눈으로 볼 수는 없다. 이렇게 죽어버리는 길밖에 없다.

그때 벗어두었던 신발이 밑으로 떨어졌다. 아래를 내려다보니 눈이 핑 돌고 속이 울렁거렸다. 무서웠다. 나는 그냥 구석에 쭈그리고 앉아버렸다. 아래서 사람 소리가 들렸다. 그리고 얼마 후 경비 아저씨들이 올라왔고 웅크리고 있는 나를 발견했다. 그렇게 나와 아기의 목숨은 살아났다.

죽을 용기도 없는 나 자신이 미웠다.

그 이후 나는 더 지독한 마음을 먹었다. 몰래 아기를 낳은 다음에 화장실에 버릴까, 아니면 쓰레기 소각장에 버릴까 고민했다. 부엌 바닥에 굴러다니는 까만 비닐봉지를 보면, 아기를 담을 작정으로 방안에 가져다 놓기도 했다. 어떻게 그런 잔인한 생각을 했는지 모르겠다. 내 자신에게 소름이 끼친다.

그러다 우연히 TV를 봤다. '우리들의 집'이라는 예쁜 이름의 장소가 있었다. 나 같은 10대 미혼모들이 남들 눈을 피해 아기를 낳을 수 있는 곳이라고 했다. 돈도 없고 있을 곳도 없는 사람들을 위한 피난처인 모양이었다. 난 마지막으로 희망을 걸었다. 나도 도움을 받을 수 있지 않을까.

방송에 나온 전화번호로 전화를 걸었다.

"여보세요."

여자의 목소리였다.

"여보세요, 대한사회복지회입니다."

그런데 아무 말도 나오지 않았다. 망설이다 그냥 전화를 끊어버렸다. 바보, 바보….

뭐라고 말해야 할지 입이 도무지 떨어지지가 않았다. 야단이라도 맞을 것 같고 욕이라도 먹을 것 같았다. 하지만 이것이 마지막 기회라는 생각이 들었다. 난 지금 도움이 필요한데…. 다시 번호를 눌렀다.

"네, 대한사회복지회입니다."

"…."

마음을 굳게 먹었는데도 대답 대신 긴 한숨만 나왔다. 내 한숨소리를 들었는지 저쪽에서는 친절하게 말을 건넸다.

"말하기 곤란하면 인터넷으로 하시겠어요? 홈페이지가 있거든요."

차라리 그게 좋을 것 같았다. 궁금한 게 있으면 인터넷에서 무엇이든 물어보라고 했다.

"도움을 줄 수 있는 것이 많을 거예요."

'그래요, 전 도움이 필요해요. 도와주세요….' 하지만 입 밖으로는 아무 소리도 낼 수 없었다.

홈페이지를 받아 적은 나는 그날 밤 PC방 구석자리에 앉아 조심스럽게 상담을 청했다.

임신을 했어여.

지금 무지 무섭습니다. 죽으려고도 했지만 용기가 안 나여…

고1인데, 어떻게 감추고 학교는 다니고 있지만 엄마는 모르세여.

아기 낳을 때가 다가오는 거 같은데

어떻게 해야 할지 모르겠어여.

마니 힘이 드네여…

'우리들의 집'이라는 데는 아무나 들어갈 수 있나요?

돈이 필요한가여?

전 지금 3만 원밖에 없는데…

ㅠㅠ 도와주세여…

다음 날 메일을 체크해 보니 바로 답장이 와 있었다. 사무실로 한번 찾아오는 게 좋겠다는 말과 함께 상담 선생님의 휴대폰 번호도 적혀 있었다. 이제 더 이상 피할 이유가 없었다. 매달려보고 싶었다. 나는 전화를 하고 찾아가 상담을 받았고, '우리들의 집' 식구가 되었다.

아담한 2층집이었다. 아빠가 돌아가시기 전에 살던 우리 집과 비슷하게 생긴 집이었다. 그래서인지 더 묘한 기분이 들었다.

문을 열고 들어서니 TV에서 봤던 것처럼 평범한 가정집 분위기였다. 단지 다른 점이 있다면 여자들만 있다는 것, 그리고 대부분 불룩한 배를 하고 있다는 것.

　나를 데리고 간 사회복지사 선생님은 그곳 식구들을 한자리에 불러 모았다. 그리고 인사를 시켜주었다. 그 다음에도 누군가 새로 오는 사람이 있을 때면 우리는 한자리에 모여 자기소개를 했다. 어떤 날은 세 번씩이나 자기소개를 해야 하는 날도 있었다. 그렇게 새로운 식구들이 수시로 들어오는 곳이었다. 지금은 모두 열 명이 생활하고 있는데, 그중에 여덟 명이 내 또래의 10대였다.

　선생님이 정해준 방은 세 사람이 함께 쓰는 방이었다. 나는 장롱에 내 짐을 풀어놓고 집에서 가져온 평퍼짐한 실내복으로 갈아입었다. 선반 위에는 수학 참고서랑 영어책도 있었고, 최신가요 테이프들도 놓여 있었다. 어지럽게 놓은 물건들 가운데 시계 하나가 유독 눈에 띄었다. 그 시계 속의 사진에는 다정한 커플이 웃는 얼굴로 포즈를 취하고 있었다. 지금 방 한쪽에서 잠을 자고 있는 친구가 남자친구와 찍은 사진인 모양이다. 부러웠다. 여기까지 남자친구 사진을 가져올 정도면 아직도 사랑하는 사이일 테니….

　나는 남자친구도 없다. 창피하지만 이 뱃속의 아기는 나이트에서 잠깐 만난 오빠와 관계한 후 생긴 것이다. 호기심 때문에 생각 없이 처신했던 행동이 후회스러울 따름이다.

    사람들이 몰려 있는 건넌방으로 가봤다. 조금 전 병원에 다녀온 사람이 초음파사진을 꺼내어 자랑스럽게 보여주고 있었다. 우리를 돌봐주는 고모님이 '모델감이구만!' 하고 말을 건네자 사진 속 아기엄마는 기분 좋게 웃음을 터뜨렸다. 거실에는 내가 좋아하는 GOD의 노래가 흘러나오고 있었고, 부엌에서는 노래를 흥얼거리며 한 친구가 떡볶이를 만들고 있었다.

    한 달 가까이 이곳 생활을 하면서 나도 그 생활에 자연스럽게 적응해 갔다. 조금 답답하긴 했지만, 임신을 알게 된 이후 가장 편하게 지냈던 시간이었다. 여기서는 불룩한 배를 감출 필요도 없었으니까. 서로 다 똑같은 처지이기도 했고, 아는 사람도 없으니 동네 가게나 비디오 가게를 갈 때도 눈치 볼 필요 없이 다니곤 했다. 그동안은 상상할 수도 없는 일이었다.

    여기서는 프로그램이 있어서 배우는 것도 많았다. 뒤늦게나마 임신과 피임에 대해서도 배웠다. 아기를 다루는 법도 배웠다. 난 그 시간이 너무 좋았다. 난 원래 아기를 좋아했다. 지하철이나 버스를 탔을 때도 아기 업은 사람이 있으면 그 옆에 서서 아기 볼을 만져보기도 했다. 여기서는 일시 보호소에 있는 아기들을 대상으로 엄마 연습을 했다. 그 아기들은 미혼모들이 낳은 아기들로 입양될 차례를 기다리고 있었다. 그래서인지 더 측은하게 느껴졌다. 내 뱃속의 아기도 곧 그런 처지가 될 것이라고 생각하니 더 마음이 아팠다.

아기를 안는 것은 생각보다 어려웠다. 아기가 자꾸 휘청거려서 중심을 잡기가 어려웠다. 진땀이 났다. 그러나 가슴에 폭 안긴 아기를 다독이며 잠을 재울 때는 더없이 평화롭게 느껴졌다. 정말, 나도 엄마가 될 수 있을까?

그러다 엄마 생각이 났다. 엄마는 내가 방학 동안 친구네 시골집에 놀러가 있는 줄 알고 있다. 아무것도 모르고 내게 살 빼라는 잔소리를 해댈 때는 얼마나 속이 상했던지…. 이렇게 떨어져 있으니 밤마다 엄마 생각이 난다. 괜히 전화를 걸고는 목소리만 듣고 끊어버리기도 했다. 나중에 다 갚을 것이다. 나 하나 바라보고 고생했던 엄마에게 마음의 빚도 다 갚고 호강도 시켜드릴 거다. 지금은 이 모양이지만, 난 분명히 해낼 수 있다. 그런 자신감을, 나는 이곳 '우리들의 집'에 들어온 후 되찾게 되었다.

사흘 전에 아기를 낳았다.

이빨 뽑는 것도 무서워서 엉엉 울던 내가 아기를 낳았다. 너무 아파서 잠깐 기절을 했고, 간호사 언니가 정신 차리라며 뺨을 때리기도 했다. 어쨌든 나는 내 힘으로 아기를 낳았다. 그리고 지금은 산후조리를 하고 있다.

그렇게 싫어하던 미역국도 식사 때마다 먹고 있다. 엄마가 생일날 끓여준 미역국도 한두 순갈 떠먹고 말았는데, 그때 엄마는 얼마나 섭섭했을까. 엄마가 이런 아픔을 견디며 나를 낳은 날을 기념하여 끓여준 건데, 내가 끓여드려도 시원찮은 것을 잘 먹지도 않았으니 난 정말 못된 딸이다.

내가 낳은 아기도 여자아이다. 뱃속에 있는 동안 죽을 생각까지 해서인지 아기는 겁이 많은 것 같다. 일시 보호소에 맡겨진 아기는 조금만 부스럭거려도 잠을 깨고 유난히 잘 울어서 보육사 선생님들이 힘들어 한다.

나는 지금 기저귀를 하고 있다. 아기를 낳고 나면 계속 피가 나오다가 점점 엷어진다고 했다. 쑥 꺼질 줄 알았던 배는 여전히 불룩하고, 자리에 똑바로 앉지도 못한다. 배에는 지금도 복대를 해줘야 한다.

TV에서 아기 낳는 이야기가 나오면 입덧이나 하고 살이나 찌는 줄 알았다. 출산 후의 이런 것들은 들어본 적도 없는데, 난 많은 것을 알게 되었다. 내 또래 아이들은 상상도 못할 것들을 나는 경험했다. 그래, 그만큼 남들보다 인생을 더 일찍 배우는 거라고 생각하자.

아직 아기를 안 낳은 언니들은 병원에서 돌아온 나를 보며 많이 아프냐고 물었다. 내가 죽을 것처럼 아팠다고 말하자 옆에 있던 선생님은 겁주지 말라며 내 말을 막았다. 하지만 다들 나와 같은 경험들을 할 것이다. 세상에 태어나 제일 지독한 고통, 제일 심한 슬픔, 자신에 대한 대견함 같은 것들을 느끼게될 것이다. 그 다음은 나처럼 자신이 낳은 아기를 떠나보내야 하는 최악의 아픔도 느껴야 할 테고….

쉼터를 떠나던 날, 사무실에서 만난 정 선생님에게 그때 전화 받고 달려 나갔던 일은 어떻게 되었느냐고 물어봤다. 선생님은 쓸쓸하게 대답했다. 약을 먹었던 산모는 선생님이 도착했을 때 이미 숨을 거두었고, 막 태어난 아기는 종합병원으로 옮겼지만 생명을 건지지 못했다고….

나는 그날을 기억한다. 떨려서 전화 통화도 망설이다 겨우 사무실을 방문했던 첫날, 나를 맞아주었던 정 선생님은 잔뜩 겁먹은 표정으로 앉아 있던 나에게 말했다.

"그동안 마음고생 많았죠? 아무 걱정하지 말아요. 우리가 도와줄게요."

따뜻한 말로 다독거려주었던 그 순간이 없었다면, 나는 어쩌면 지금 이 세상 사람이 아닐지 모른다. 말할 사람 하나 없이 죄인처럼 숨어 지내는 나 같은 미혼모의 멍든 마음은 그런 따뜻한 한마디에 힘을 얻는다. 죽을 목숨이 삶에 대한 용기를 얻을 수도 있는 것이다. 나는 운이 좋았다. 내 생명과 우리 아기의 생명을 다시 찾을 수 있었으니 말이다. 아직도 기댈 곳이 없는 수많은 미혼모들에 비하면….

아기와는 이제 이별이다. 하지만 나는 믿는다. 이 세상에 태어나기로 결정된 모든 생명들은 소중하다는 것을, 그리고 우리 아기는 자신이 얼마나 소중한 존재인지 잊지 않는 강한 사람으로 자라줄 것을….

• 글쓴이 | 우정림(고1)

내일의 태양 속으로

철없는 엄마를 용서해 줘

우리 아버지는 고기 잡는 일을 한다. 엄마는 포구에서 횟집을 하며 아버지가 잡아온 고기를 판다. 그래서 우리 집에서는 하루도 비린내가 가실 날이 없다.

마을 아이들과 어울리며 바닷가에서 뛰어놀던 어린 시절에는 몰랐지만, 중학교를 가면서부터 나는 그 비린내가 참 싫었다. 창피했다. 서울에서 전학 왔다는 말끔한 계집애가 코를 막으며 내 옆을 지나간 다음부터 그랬던 것 같다. 화장실로 불러내 그 계집애를 실컷 때려주긴 했지만, 그날 집에 들어가서 괜히 엄마에게 신경질을 부려댔다. 비린내 안 나게 빨래하라고. 나는 그렇게 철없는 딸이다.

내 철없는 짓은 그게 전부가 아니다. 중학교 3학년이 되면서는 컴퓨터를 사달라고 졸라대기 시작했다. 언니, 오빠도 컴퓨터 없이 공부만 잘했는데 무슨 컴퓨터 타령이냐며 꿈쩍도 하지 않던 엄마도 결국에는 두 손을 들고 말았다. 나중에야 알게 되었지만, 그때 아버지가 컴퓨터를 사주라고 내놓았던 돈은 당신이 백내장 수술을 하려고 모아두었던 돈이었다.

진짜 철없는 짓은 이제부터 시작이다. 나는 그렇게 귀한 돈으로 장만한 컴퓨터를 공부에 쓰는 대신 못된 짓 하는 데만 썼다. 한마디로 엉덩이에 뿔난 못된 송아지 짓을 했다. 채팅에 빠져 허우적댔던 것이다.

다른 친구들이 그랬던 것처럼 채팅사이트에서 남자아이들을 만나기도 했고, 호기심을 못 참고 이상한 것들을 기웃거리기도 했다. 채팅을 하다 보면 아무래도 건전하지 못한 쪽으로 빠지기가 쉽다. 일반 채팅을 하더라도 '알바?'라든지 '드라이브 가자' 같은 쪽지들이 들어온다. 그건 전부 원조교제거나 깊은 관계를 전제로 한 채팅을 하자는 뜻이다.

아예 처음부터 암호가 떠 있는 경우도 있다. '1:1, 30'이라고 써 있다면 30만 원을 줄 테니 만나자는 의미다. 화상으로 자기의 벗은 몸을 비추어주며 돈을 입금시키면 만나겠다고 유혹하는 여자아이들도 있다. 남자 중에도 자기 몸을 노골적으로 카메라에 드러내며 즐기는 변태 같은 애들도 있다.

우리 학교에서도 원조교제를 하는 아이들이 있다고 들었다.

나는 그런 건 감히 생각하기도 싫었다. 하지만 또래의 남자아이들과 채팅을 하는 건 재미있었다. 시답잖은 말장난도 하고 학교 얘기도 하다 보면, 통하는 것도 많았고 만나고 싶다는 생각도 들었다.

그러다 점점 대범해져서 결국 진짜 남자들을 만나기도 했다. 햄버거집에서 만나던 것이 호프집이나 소주방이 됐고, 나중에는 더 못된 짓까지 하게 됐다. 고등학교에 올라와서 나는 채팅으로 만난 오빠와 관계까지 갖고 말았다. 사랑 같은 감정은 아니었다. 그냥 호기심이 생겼고 재미있어서 만났지만, 그렇게 오래 되지 않아 우리는 연락을 끊었다. 그런데 그것이 문제가 될 줄이야….

오빠와 잠자리를 하고 집에 들어오면 식구들 얼굴 보기가 쑥스러웠다. 내 얼굴에서 뭔가를 들킬 것 같아 그냥 방으로 쑥 들어가곤 했다. 식구들에게 당당한 처지는 아니었지만, 그렇다고 아주 나쁜 일이라는 생각은 하지 않았다. 요즘은 내 또래 친구들이 사귀는 남자친구와 깊은 관계까지 가는 일이 흔하다. 어떤 아이는 낙태할 돈이 없어서 교생 선생님에게 빌리기도 했다는 말을 들었다. 하지만 그런 소문에 크게 놀라는 사람은 아무도 없었다.

오빠와 연락이 끊기고 한참이 지난 다음에야 나는 생리가 오랫동안 없다는 것과 배가 불러오고 있다는 걸 알게 되었다. 가슴이 철렁 내려앉았다. 무슨 일이든 미주알고주알 수다를 떠는 단짝친구인 진주에게 고민을 털어놓았다. 진주에게 임신진단시약이라는 게 있다는 얘기를 듣고, 약국에서 사와 테스트를 해봤다. 임신이라는 결과가 나왔다. 하늘이 노래졌다.

그제야 피임의 중요성을 생각하게 되었다. 사실 오빠와 만날 때도 피임 생각을 안 했던 건 아니었지만, 방법도 잘 몰랐고 딱히 중요하게 생각하지도 않았다. 이런 일이 나에게 닥치리라고는 생각조차 해본 적이 없었다. 오빠가 약국이나 편의점에서 콘돔을 사오기도 했지만, 오빠는 그걸 너무나 창피해하고 귀찮아했다. 그렇다고 내가 살 수도 없는 노릇이어서 우리는 그냥 내 배란일을 계산해 가면서 조심하곤 했다. 그런데 나중에 알고 보니, 그것처럼 위험한 피임도 없다고 한다.

피임에 대해 우리가 알고 있는 정보는 너무나 빈약했다. 핑계 같지만, 아무도 우리에게 가르쳐주지 않았다. 학교에서 배우는 성교육 시간에도 매번 보는 정자나 난자 그림뿐, 피임에 대한 내용은 없었다. 아이들은 하품만 한다. 가톨릭계 학교인 우리 학교에서는 얼마 전에 전교생이 순결 서약이라는 것을 했다. 결혼할 때까지 순결을 지키자는 서약이었는데, 강당에 모여 억지로 의식을 치르던 아이들은 피식피식 웃음을 터뜨렸다.

"아, 이 안에 낙태한 가시나가 수십 명은 될 낀데, 순결은 무슨 순결이고?"

"순결이라고예? 예, 요번 중간고사 때까지는 지켜보께예. 낄낄…"

"그기, 떠드는 사람 누꼬?"

"쉬~~"

글쎄, 순결이라는 것이 중요하다는 생각은 한다. 무책임하게 행동하다 불행한 결과들을 가져올 수도 있으니 말이다. 하지만 요즘은 초등학생도 남자친구 없는 애들이 없고 키스도 한다는데… 우리 반에서도 남자친구를 사귀는 애들 중 절반쯤은 성관계를 하는 것 같다. 그건 어쩌면 자연스러운 일일지 모른다. 다만 어른들이 현실을 너무나 모르는 것 같다. 무조건 순결을 지키라는 교육 대신 피임법과 임신에 대해서 배웠으면 좋았을 텐데… 내 책임을 남에게 떠넘기려는 건 절대 아니다. 그저 조금 아쉬웠을 뿐이다.

그런 엄청난 일이 닥쳤는데, 나는 아무것도 할 수 없었다. 낙태라는 것은 생각할 수도 없었다. 어렸을 때부터 유난히 겁이 많던 나는 혼자서는 잠도 자본 적이 없다. 잠들 때도 누구든 옆에 있어야 했고, 초등학교 때까지는 언니 손을 잡아야 잠이 왔다. 언니가 귀찮다고 손을 빼면 손가락 끝이라도 닿고 있어야 안심이 되었다.

내가 중학교에 들어갈 때쯤에야 엄마는 이런 이야기를 들려주었다. 사남매나 되는데 막내인 나를 또 갖게 되었을 때, 엄마는 낙태를 하려고 했단다. 병원 수술대에까지 누웠는데, 막상 하려니 너무 겁이 나서 수술하기 직전에 뛰어내려와 집에 와버렸다고 했다. 엄마는 내 머리를 쓰다듬으며, 그래서 우리 막내가 이렇게 무서움을 많이 타는 모양이라며 미안해했다.

그런 이야기를 들어서일까? 나 또한 낙태는 생각할 수 없었다. 생명을 없애다니… 도저히 내 힘으로 할 수 있는 일이 아닌 것 같았다. 다른 방법을 연구할 수밖에 없었다. 그러면서 시간은 흘러갔다.

6월 햇볕이 뜨거운 체육시간이었다. 그늘 아래 앉아서 낮잠이나 한숨 잤으면 좋겠다 싶은 그날 우리는 운동장을 돌았다. 첫 바퀴 돌 때부터 어질어질하고 속이 울렁거렸다. 입덧 같았다. 배가 나온 걸 감추려고 하도 꽁꽁 동여매서 그런지, 속이 거북하고 매슥거릴 때가 많았다. 더운 날 달리기까지 하려니 쓰러질 것만 같았다. 선생님에게 아프다고 말하고 그만 뛸까 하는 생각을 하다가 그만 쓰러지고 말았다.

그것이 문제였다. 친구들 부축으로 양호실에 갔던 나는 침대에서 잠이 들었다. 그런데 속이 불편할까 봐 바지 고무줄을 좀 내려주려던 양호 선생님이 배에 두른 복대를 발견한 것이다. 난 선생님에게 모든 사실을 실토할 수밖에 없었다.

한편으로는 퇴학이라도 당하면 어떡하나 걱정도 됐지만, 일이 그렇게 되고 보니 차라리 마음이 편해졌다. 선생님에게 도움이라도 청할 수 있을 것 같았기 때문이다. 나를 보고 있던 선생님의 표정은 더위를 먹어 쓰러졌던 내 얼굴색보다 더 하얗게 변해 갔다. 어쩌다 이런 짓을 저질렀냐며 나무라던 선생님은 목소리를 낮춰 말했다.

"학교에서 알게 되면 바로 퇴학 처분 될 거야. 얼마 후면 여름방학이니 그때까지는 최대한 조심해서 다니고, 2학기에는 휴학을 하는 게 좋겠다."

선생님은 아무에게도 말하지 않고 도와줄 테니 뭐든 의논하라는 말로 내게 힘을 주었다. 그 말에 난 코끝이 찡해졌다.

나는 선생님 말대로 휴학계를 냈다. 선생님의 도움으로 병원의 가짜 진단서까지 끊어 휴학을 할 수 있었다. 선생님은 대구에 있는 미혼모의 집도 소개해 주었다. 집에는 취업 연수를 간다고 거짓말을 하고 나는 그곳으로 아기를 낳으러 갔다.

내 또래의 미혼모들이 모여 있는 그곳에서 나는 많은 것을 배웠다. 미혼모라는 처지는 똑같지만, 나와 살아온 환경이나 놓여 있는 상황이 다른 친구들을 많이 알게 되었다. 고아로 자란 언니도 있었고, 술집에서 일했다는 아이도 있었고, 어려운 집안 살림 때문에 일찍부터 돈벌이를 하면서 학교에 다녔다는 친구도 있었다. 부모 밑에서 편하게 공부만 하고 살았던 나는 투정할 처지가 아니었다.

출산을 앞두고 있는 미혼모들이 가득한 그곳에 가니 갑자기 아기를 낳는다는 것이 현실로 확 다가왔다. 그중에는 이미 아기를 낳고 몸조리를 하고 있는 사람도 있었다. 그 친구들에게서 아기 낳을 때의 이야기를 들으며 난 점점 더 겁이 났다.

두려움을 잊으려고 TV를 틀었는데, 하필 원숭이가 아기를 낳는 장면이 나왔다. 나뿐만 아니라 같이 보던 아이도 소스라치게 놀라 비명을 질렀다. 우리는 다른 채널로 돌렸다. 별로 재미있는 방송이 없었다. 이제 그 장면은 지났겠지 싶어 다시 아까 그 채널로 돌렸다. 그런데 이번에는 귀여운 달마티안이 새끼를 낳는 장면이 눈에 들어왔다. 얼마나 고통스러웠는지 어미 달마티안 눈에는 눈물이 그렁그렁 맺혀 있었다. 나는 고개를 돌려버리고 말았다. 그날 밤 나는 아기 낳는 꿈을 꾸었다. 아기를 낳다 너무 아파서 죽게 되는 꿈을….

그 후로도 여러 번 똑같은 꿈을 꾸었다. 그리고 나는 진짜 아기를 낳으러 갔다. 상상했던 것보다 훨씬 더 아팠지만, 어쨌든 나는 혼자 해냈다. 아마 우리 식구들은 이 사실을 믿지 못할 것이다. 혼자 잠도 못 잘 만큼 겁이 많은 내가 생살이 찢어지는 아픔을 견디며 3킬로가 넘는 남자아이를 낳았다는 것을….

쉼터에 온 후로 수시로 전화해 주고 찾아왔던 내 친구 진주와 경아가 나를 축하하러 방문했다. 예쁜 아기 옷과 신발과 초콜릿을 선물로 사들고 왔다.

아이들은 내가 아기를 낳았다는 것을 나보다 더 신기해했다. 그동안 불룩한 내 배를 만져보기도 했으면서, 어떻게 그 속에서 이 아기가 나왔느냐며 놀라워했다. 친구들은 아기와 내가 있던 병실에서 하룻밤을 같이 보냈다. 사랑하는 친구들과 내가 낳은 아기와 함께 보내며 그날 밤 내내 코끝이 찡했다.

그동안 철없이 원망하고 미워했던 아기를 이렇게 만나고 보니 정말 예뻤다. 평온하게 잠든 아기의 얼굴을 내려다보며 나는 가만히 속삭였다. 뱃속에 있을 때 미워해서 미안하다고…. 아기가 날 용서해 줄지 알 수는 없지만, 그래도 용서를 구해야 할 것 같았다.

아기를 낳고 나서인지 그날 밤은 아기 낳는 꿈을 꾸지 않았다. 대신 엄마가 내 꿈에 나왔다. 엄마는 눈물을 흘리고 있었다.

먼 훗날, 아주 먼 훗날, 엄마가 호호백발의 꼬부랑 할머니가 되었을 때, 그리고 내가 엄마 나이쯤 되었을 때 난 엄마에게 모든 것을 털어놓고 싶다. 엄마가 믿지 않겠지만, 겨우 열일곱 살이었던 내가 마취 하나 없이 아기를 낳았다고 말이다. 또 이 세상 어딘가에 엄마의 유전자를 가진 손주가 살고 있다는 사실을 여태 숨겨 미안하다는 말도 꼭 하고 싶다. 그 아이에게 부끄럽지 않은 엄마가 되고 싶어 그동안 열심히 살았노라는 말도 꼭 할 수 있었으면 좋겠다. 아마 나는 할 수 있을 것이다.

이렇게 힘든 일도 겪어냈는데, 못할 일이 뭐가 있을까. 난 이제 어른이다. 누구도 아닌 내 자신이 내 앞길을 헤쳐갈 수 있는 책임 있는 인간으로 다시 태어났으니까.

• 글쓴이 | 이정효(고1)

아기까지 때리진 말아줘

TV에서는 간혹 매 맞는 아내가 많다느니 가정폭력이 어떻다느니 하는 뉴스들이 나온다. 그런 뉴스를 관심 있게 본 적도 없지만, 나는 그런 건 나이 많은 술주정뱅이 아저씨들이나 하는 짓이라고 생각했다. 그런데 이제 겨우 열여덟 살인 남자아이도 여자친구에게 손찌검을 할 수 있다는 걸 알았다. 그것도 사랑한다고 말하면서….

친구의 소개로 오빠를 만났다. 오빠는 유머도 있고 항상 새로운 이벤트를 보여주는 재미있는 사람이다. 만날 때마다 나를 웃게 했고 신나게 해주었다. 그리고 무엇보다 자상한 사람이었다. 나도 기억 못하는 기념일들을 줄줄이 꿰고 선물을 준비하곤 했다. 한 달째 되는 날, 백 번째 만난 날, 첫 키스를 한 날 같은 것도 한 번도 놓친 적이 없었다. 또 선물도 많이 사준다. 집이 넉넉한 편이라 용돈이 많은 오빠는 쇼윈도에서 내가 예쁘다고 했던 물건은 그 다음 번 만날 때면 어김없이 사가지고 왔다. 나중에는 내가 지레 겁을 먹고 함부로 '예쁘다'는 말을 못할 정도로 말이다.

하지만 흠이 없는 사람이 어디 있을까. 오빠에게도 결점은 있었다. '날라리'라는 것이다. 어려움 없이 자라서 그런지, 학생 신분에 어긋나는 대담한 행동도 많이 했다. 예를 들면 나이트 같은 데도 수시로 다녔는데, 아예 가짜 신분증을 가지고 다닌다. 어디서 만들었는지 늘 가지고 다니는 그 가짜 신분증으로 자동차를 렌트하기도 했다. 미성년자가 어떻게 차를 몰 수 있겠나 싶지만 그건 내 생각이고, 오빠는 아무런 거리낌 없이 차를 몰고 다녔다.

처음에는 그런 행동들을 이해할 수 없었지만, 차츰 나도 그런 생활에 동참하게 되었다. 가짜 신분증은 없었지만, 아는 언니의 주민등록번호를 외워두고 나이트에 따라다니곤 했으니 말이다. 나쁜 물은 금세 드는 법인가 보다.

오빠는 질투도 심했다. 나는 남녀공학에 다니기 때문에 친구들 중에 남자아이들도 많은데, 그 아이들과 어울리는 것조차 아주 싫어했다. 그러다 보니 본의 아니게 나도 거짓말을 할 때가 있었다. 학교 일 때문에 방과 후에 친구들과 피자집이라도 같이 가게 되면, 나는 여자들끼리만 있었다고 둘러대야 했다. 만약 사실대로 말한다면 남자아이들은 오빠의 매운 주먹맛을 봐야 했을지도 모른다.

한 번은 오빠랑 같이 있을 때 남자아이에게 전화가 왔는데, 화가 난 오빠가 그 자리에서 휴대폰에 입력된 남자아이들 전화 번호를 모조리 지워버리게 했다. 속이 상했다. 바람을 피운 것도 아니고, 양다리를 걸친 것도 아니고, 그냥 학교 친구일 뿐인데도 오빠는 용납하지 못했다. 오빠랑 만나는 동안 나는 어쩔 수 없이 학교 친구들과 멀어질 수밖에 없었다.

오빠의 단점들을 늘어놓았지만 이런 것쯤은 괜찮다. 조금 불편하긴 해도 참아낼 수 있는 정도니까. 결정적으로 내가 오빠를 떠날 수밖에 없도록 만든 문제는 다른 것이었다. 바로 폭력이다. 오빠는 화가 나면 폭력을 쓰는 버릇이 있었다. 사내들끼리의 주먹다짐이라면 남자들 사이에 있을 수 있는 일이라고 생각할 것이다. 그런데 그게 다가 아니다. 오빠의 단단한 주먹은 내 얼굴에까지 날아온다. 심지어 임신을 해서 불룩해진 내 배에까지….

오빠랑 만난 지 1년도 채 못 되어 나는 임신을 했다. 그때 나는 난생처음 산부인과 침대에 누워 낙태수술을 받았다. 물론 옆에는 오빠가 있었다. 그런데 바보처럼 또다시 임신을 하고 말았다. 이번에는 임신을 한 지 넉 달이나 지난 후에 그 사실을 알게 되었다.

이 사실을 알고 난 후 난 오빠 품에 안겨서 펑펑 울었다. 이 지경으로 만든 오빠도 미웠지만, 내 자신이 더 원망스러웠다. 멋모를 때는 낙태를 쉽게 결정했지만, 한 번 하고 나니 두 번 다시 하고 싶지 않았다. 수술 후에도 한참 동안 몸도 안 좋았고, 무엇보다 마음이 괴로웠다. 생명을 없앴다는 것이 늘 가슴 한 구석에 남았다.

그런데 이 모든 것은 여자의 몫인 것 같다. 난 두고두고 그 일이 가슴에 남았지만, 오빠는 오래전에 다 잊고 있었던 것 같다. 피임을 하자고 해도 무심하게 흘려버리고 말 때가 많더니만, 끝내 이런 일을 또 겪게 된 것이다.

속상해하는 나를 돌려세우더니 오빠는 다짜고짜 청혼을 했다. 결혼을 해서 뱃속의 아기를 낳고 함께 기르자고 했다. 그런 말이 고맙기도 했지만 나는 머리가 아팠다. 결혼이라는 말이 선뜻 와 닿지가 않았다. 이제 열일곱 살, 아직 해야 할 일들이 산더미처럼 쌓여 있는데 결혼은 당치도 않았다. 그건 10년쯤 후, 아니 적어도 5년쯤은 지난 후에 해야 할 것만 같았다.

무엇보다 부모님을 어떻게 설득해야 할지도 난감했다. 우리 두 사람이 사귀는 것은 양쪽 집에서도 다 알고 있었지만, 고등학교도 졸업하지 못한 우리를 결혼시킬 부모님이 어디 있을까 싫었다. 그리고 솔직히 말해 난 오빠와 결혼할 마음이 없었다. 오빠는 나를 사랑한다고 하지만, 난 이것이 사랑인지 아닌지 확신이 서지 않았다. 또 오빠가 이런 식으로 생활하는 한 결혼 상대로는 절대 택하고 싶지 않다는 생각도 했다. 내 장래를 믿고 맡길 만한 사람이라는 생각은 들지 않았다.

어쨌든 우리는 아기를 낳기로 결정했다. 부모님들이 너무 일찍 알게 되면 낙태를 시킬지도 모르니, 시간이 더 지난 후에 말씀드리기로 합의를 봤다. 그 이후 잠깐 동안이지만 우리는 아기 이름도 지으며 마치 신혼부부처럼 달콤한 시간을 보냈다. 입덧을 하는 나를 위해 오빠는 내가 먹고 싶다는 것을 자상하게도 다 가져다 바쳤다.

시간이 지나 배가 어느 정도 불룩하게 나왔을 때쯤이다. 학교 과제 때문에 나는 우리 반 아이들과 어울려 저녁까지 학교에 남아 있었다. 만족스럽게 과제를 마친 우리는 늦은 저녁을 먹고 들뜬 기분에 노래방까지 가게 되었다. 한참 신나게 노래를 하고 있을 때 휴대폰이 울렸다. 오빠였다.

왜 전화를 받지 않느냐고 다짜고짜 소리를 질렀다. 여러 번 벨이 울렸는데, 노랫소리 때문에 못 들었던 모양이다. 시끄러운 음악소리를 듣고 노래방이라는 것을 알게 된 오빠는 어디냐고 다그쳤다. 나는 순간 당황했다. 과제를 같이한 멤버 중에는 남자아이들도 있었기 때문이다. 오빠가 질투하며 화낼 것을 알기에 나는 여자아이들만 있다고 거짓말을 둘러댔다. 그런데 오빠는 뭔가 감을 잡았는지 펄펄 뛰며 장소를 말하라고 소리를 질렀다.

더 이상 노래나 하고 있을 상황이 아니었다. 나는 아이들에게 미안하다는 말을 남기고 자리를 떴다. 그리고 오빠를 만나러 갔다. 오빠는 술이 조금 취해 있었다. 전화를 못 받아서 미안하다며 손을 잡자, 오빠는 순간 내 손을 거칠게 뿌리쳤다. 그리고는 내 뺨을 쩍 소리가 나게 갈겼다. 나는 자리에 주저앉고 말았다. 무서웠다.

그것이 처음은 아니었다. 그전에도 남자아이들과 만나지 말라는 말싸움을 하다 두 번이나 내 뺨을 때린 적이 있었다. 하도 세게 때리는 바람에 뺨이 시퍼렇게 부풀어서 며칠 동안이나 머리카락으로 가리고 다녔던 기억이 떠올랐다. 나를 때리고 난 뒤 오빠는 미안하다며 몇 날 며칠을 사과했고, 새로 나온 휴대폰까지 사주며 용서를 빌었다. 다시는 손찌검을 하지 않겠다는 맹세도 분명히 받았는데, 또다시 폭력을 사용한 것이다.

더구나 이번에는 정도가 달랐다. 주저앉아 있는 나에게 오빠는 일어나라고 소리쳤다. 배가 아팠다. 뱃속의 아기가 잘못될 것 같은 두려움이 앞섰다. 그런 생각을 하고 있는데 갑자기 배

위로 오빠의 발이 날아왔다. 신음소리가 터져 나왔다. 숨을 쉴
수가 없었다. 나는 배를 감싸 안고 뒹굴었다.

마침 그곳은 파출소 앞이었다. 시끄러운 소리를 들었는지 그
때 파출소 안에서 순경아저씨가 나왔다. 순간적으로 나는 다행
이라는 생각을 했다. 이미 이성을 잃은 오빠를 순경아저씨가
막아줄 거라고 생각했으니까. 그런데 오산이었다. 순경아저씨
는 어린것들이 술 마시고 시끄럽게 군다며 빨리 집에 들어가라
는 말만 내뱉고는 휑하니 들어가 버렸다.

어이가 없었다. 지금 이 상황이 술 마시고 싸움이나 하는 상
황인가? 힘없는 여자가 남자한테 발길질을 당하고 있는 게 보
이지 않나? 우린 물론 애인 사이지만, 순경아저씨 입장에서는
적어도 여자아이가 무참히 맞고 있는 걸 말렸어야 하지 않나?
만약 정말 치한한테 여자가 당하고 있는 상황이라면 어쩔 뻔했
을까. 내가 살려달라는 말까지 했는데도 순경아저씨는 그 말을
무시하고 문을 닫아버렸다. 나는 그 순간 생각했다. 이 세상에
어떤 것도 나를 지켜줄 수 없구나. 사랑한다는 남자는 나를 때
리고, 폭력을 막아주어야 할 경찰도 나를 무시했다.

오빠의 발길질은 거기서 멈췄다. 한참을 내 옆에 주저앉아
있던 오빠는 쓰러질 때 벗겨져버린 내 신발을 다시 신겨주고,
입가에 흐른 피를 닦아주더니 부축해서 집까지 데려다주었다.
다음 날, 오빠는 문자와 녹음으로 사과를 퍼부어댔다. 하지만

이미 내 마음은 돌이킬 수 없었다. 아주 먼 곳으로 떠나버린 것 같았다.

사실 그날 밤, 엉망이 된 채 집에 돌아온 나를 본 엄마가 다시는 만나지 못하도록 내게 못을 박았다. 그뿐이 아니었다. 거의 정신을 잃고 쓰러진 나를 부축하던 엄마는 내 배를 보고 다그쳐 물었고, 자포자기의 심정으로 나는 모든 것을 말해 버렸다. 엄마도 그 자리에서 정신을 잃었고, 그날 밤 우리 집에서는 통곡이 오래도록 이어졌다.

나는 학교에 휴학계를 냈고, 그로부터 석 달 후 아기를 낳았다. 내가 진통하는 것을 지켜보다 또 한 번 정신을 잃었던 엄마는, 미성년자인 나를 대신해 입양동의서에 서명을 해주었다. 아기를 낳은 내 얼굴은 퉁퉁 부어 알아보기 힘들 정도였고, 평소 나이보다 젊단 소리를 듣던 엄마의 얼굴은 주름으로 뒤덮였다.

나는 아기를 보지 않았다. 한 번 안아보겠냐고 묻는 사회복지사 선생님의 말에 나는 고개를 돌려버렸다. 진통을 할 때도 이를 악물고 소리 한 번 지르지 않았던 나는 아기를 뒤로하고 떠날 때에도 눈물 한 방울 흘리지 않았다. 못난 딸 때문에 가슴이 썩어문드러졌을 엄마가 내 눈물에 더 마음 아파할까 봐 나는 울지 않았다. 아니, 울 수가 없었다.

집에 돌아와 다시 책가방을 챙기는 내 옆에서 엄마가 말했다. 이제 세상의 큰 고비를 하나 넘어온 거라고, 세상의 거친 파도를 미리 맞았으니 이젠 좋은 일들만 있을 거라고, 그리고 잘 견뎌내서 고맙다고…. 나는 아무 말도 하지 못했다. 하지만 가슴속에는 흘리지 못한 뜨거운 눈물이 출렁거렸다.

세상을 너무도 가볍게 살아온 내게서 한 아이가 떠났다. 눈물 한 방울 떨어뜨리지 않고 그 아이를 가슴에 묻었지만, 앞으로 가야 할 내 길에서 그때 흘리지 못한 눈물은 언제까지고 두툼한 짐이 되어 남을 것이다.

낳는 것만이 생명을 보호하는 게 아님을 알지만, 이런 선택밖에 할 수 없었던 나를 내 아기는 용서해 줄까.

• 글쓴이 | 고은비(고1)

이 세상에 너를 내려놓고

누군가 세상은 전쟁터라고 했다. 그렇다. 적을 쓰러뜨리고 이겨내지 않으면 내가 밟히는 것이다. 이제 겨우 고등학교 1학년인 나에게도 이미 세상은 전쟁터다. 잠시라도 방심하지 않으면 내 등 뒤로 총알이 박히고, 내가 지키던 땅은 적군에게 넘어간다. 그래서 나는 새벽 여섯 시면 일어나 무거운 책가방을 메고 학원을 거쳐 학교에 가고, 자정이 넘어야 집에 돌아온다. 그 전쟁에서 살아남기 위해서 말이다.

다행히 아직까지 나는 잘 버티고 있다. 웬만해선 1등 자리를 뺏기지 않고 유지하고 있으니까. 최고 대학에 가는 것은 나에게는 당연한 의무이자 과제다. 부모님도 그걸 의심하지 않는다. 남들은 나보고 독종이라고도 하고 수재라고도 하지만, 역시 수재라는 소리를 들으며 최고학부를 나온 아버지의 생각은 다르다. 그건 당연히 가야 할 길일 뿐이다.

　걸음마를 배우고 처음 말을 배우기 시작할 때부터 총명하다는 소리를 들으며 자랐던 나는, 공부에 있어서는 남에게 뒤져본 적이 별로 없다. 남보다 더 깐깐하게 나를 몰아세우고는 있지만, 공부가 그다지 어렵게 느껴지지 않는 것을 보면 총명하다는 말에 나 자신도 동의한다. 하지만 그렇게 똑똑하다고 자부하던 내가 인생에 커다란 구멍을 남길 만큼 어리석은 짓을 저지르고 말았다. 인생이란 것은 수학공식 푸는 것처럼 정확히 흘러가는 것이 아니었나 보다.

　임신을 했다. 남자친구가 있었다. 초등학교 동창이며 같이 과외도 받았던 그 친구는 우리 부모님도 신뢰하며 공인해 준 내 남자친구다. 중학교 졸업식 때는 두 집 식구가 같이 식사를 했을 정도로 우리는 가까운 사이다.

　고등학교에 오면서 어른이 됐다고 느꼈던 것일까? 우리는 아이들에게는 금지되어 있던 그 선을 넘어버렸다. 그 정도는 누릴 만큼 지성적이라는 오만한 생각도 했던 것 같다. 그런데 그만 임신이 되어버린 것이다. 물론 피임은 했다. 그냥 미련하게 방심하고 있었던 것은 아니었다. 그랬는데도 실수가 있었나 보다. 어떻게 된 일인지 알 수가 없었다. 나중에 들은 이야기로는 콘돔이라는 것도 100% 보장되는 것이 아니라고 했다. 이런…. 그건 미처 알지 못했던 부분이다. 왜 그런 실수를 저질렀을까.

생리가 없어서 임신이 된 걸 알았다. 난 혼자 책임지기로 했다. 나는 천주교 신자다. 아니, 종교를 떠나서도 내 몸에 이미 자라고 있는 생명을 지우는 것은 겁이 났다. 평생 지우지 못할 짐을 지게 될 것 같았다.

그냥 아무 일도 없는 것처럼 나는 일상을 유지해 나갔다. 조금 슬펐지만 견딜 수 있었다. 내 실수로 벌어진 일이니까 누구를 탓할 수도 없었다. 내가 겪어내면 되는 일이었다. 남자친구에게도 말하지 않았다. 호들갑을 떨며 매달리는 약한 여자의 모습을 보이고 싶지 않았기 때문이다.

공부하는 데는 조금 힘이 들었다. 졸음이 몰려왔고 소화가 잘 안 되어 속이 거북했다. 그래도 다행인 건 TV에서 보는 것처럼 웩웩거리며 토하는 일은 없었다. 단지 비린 냄새가 유난히 싫어서 생선을 안 먹게 됐다는 것 말고는 먹는 데도 큰 문제가 없었다.

그런데 나도 흔들리나 보다. 배가 자꾸 부르기 시작하고 남들이 눈치라도 채면 어떡하나 싶어 신경을 쓰다 보니 성적이 떨어졌다. 신경이 날카로워졌다. 남자친구에게도 신경질을 부리게 되었다. 별것 아닌 일로 다투기도 하고 짜증도 냈다. 그런 내가 이상했던 모양이다. 한바탕 다툼을 하던 끝에 나에게 뭔가 이상한 점을 느낀 남자친구가 자꾸만 물었다. 무슨 일이 있는 거냐고, 왜 이렇게 날이 곤두섰냐고….

빳빳하게 풀 먹인 옷깃처럼 중심을 유지해 가던 나는 그만 지쳐버렸다. 내 오기만 가지고 버티기에 임신이라는 짐은 너무나 컸다. 그 친구 앞에 나는 눈물을 흘리며 임신한 사실을 털어놓았다. 그는 어쩔 줄 몰라 했다. 왜 이제야 이야기를 하냐며 나를 원망하기도 했고, 이제 어떻게 하냐며 우왕좌왕했다. 나는 내가 다 알아서 할 테니 걱정 말라고 오히려 그를 위로해야 했다. 결국 이것도 나 혼자의 몫이었나 보다.

그런데 바보같이 그가 문제를 크게 만들어버렸다. 당황한 나머지 방법을 찾는다는 게 그만 자기 어머니에게 모든 사실을 말해 버린 것이다. 어머니가 문제를 해결해 주기 바랐던 것이다. 세상에…. 그의 어머니에게 전화가 왔고 나는 그 어머니의 손에 이끌려 병원에 가야 했다. 이미 임신은 6개월로 접어들었다고 했다. 낙태를 상담하는 어머니에게 의사는 위험하다는 단호한 대답을 했다. 그래도 수술을 요구하는 어머니에게 의사는 보호자가 수술에 동의해야 한다는 말을 했다. 그 말에 더 이상 수술 얘기는 하지 않았다. 자기 자식이 아니라 그런 결정까지는 내릴 수 없었던 거다.

세상에 비밀은 없다고 했지. 언젠가는 터질 일이었다. 다만 내 계획과 달리 너무나 일찍 알려졌을 뿐. 남자친구의 어머니는 엄마에게 이 사실을 알렸고, 엄마는 그만 쓰러지고 말았다. 충격도 충격이었겠지만, 어쩌면 엄마는 자존심이 와르르 무너지는 소리를 들었는지도 모른다. 아니, 탄탄하게 쌓여 있던 나에 대한 신뢰의 벽이 붕괴되는 소리를 들었을 것이다. 그래서 이 순간만은 피하고 싶었는데… 이미 때는 늦었다.

아버지는 당장 낙태를 시키고 유학을 보내겠다고 했다. 하지만 엄마 생각은 달랐다. 위험한 수술대 위에 나를 눕히고 싶지 않았던 것이다. 엄마는 내 뜻을 따라주었다. 학교는 빠짐없이 다녔다. 운 좋게도 분만 예정일은 추석 연휴 즈음이었다. 엄마가 그동안 알아보았던 대한사회복지회를 통해 나는 그 기간에 분만을 하게 되었다.

유도분만이라는 것을 하면 하루 이틀 만에 아기를 낳고 올 수도 있다고 했다. 내 생애 두 번째로 산부인과에 갔다. 상담원 선생님과 함께 간 그곳에서 의사 선생님은 자연분만을 했으면 좋겠다고 했다. 하지만 그러려면 일주일을 넘게 기다려야 할지도 모른다.

"안 돼요, 선생님. 연휴 안에 끝나게 해주세요."

"일반 산모 같으면 웬만하면 유도분만 안 해줘요. 좋은 게 아닌데… 시간이 없다니, 그럼 해보자."

큰집에 차례 준비를 하러 엄마가 가 있는 동안 나는 진통을 시작해야 했다. 병원에 가니 우선 팔에 링거가 꽂혔다. 수액이라고 했다. 분만 도중에 태어나 산모가 위급한 상황이 되어 긴급 수술 등을 해야 할 때 갑자기 혈관을 찾아 허둥지둥 할 수 없어서 미리 주사를 놓아두는 거라고 했다. 위급한 상황이라… 그럼, 죽을 수도 있다는 건가? 아기를 낳는 일이 쉬운 일은 아니라고 생각했지만 갑자기 덜컥 두려움이 느껴졌다. 분만촉진제라는 것이 내 몸으로 들어왔다. 말 그대로 서둘러 아기를 낳게 해준다는 약이겠지.

배가 아프기 시작했고 통증은 점점 더 거세졌다. 처음에 생리통처럼 시작되었던 진통은 견딜 수 없을 만큼 고통스러운 아픔을 가져왔다. 한참을 아프다 잠깐 괜찮고, 또다시 아프다 괜찮고… 그 반복되는 진통 속에 온몸은 땀으로 젖었다.

"빨리 낳게 해주세요, 빨리요…."

그렇게 애원을 하고 있을 때 내 손을 꼭 잡는 뜨거운 손이 있었다. 엄마가 뒤늦게 오신 거다. 엄마는 빨갛게 충혈이 된 눈으로 나를 내려다보고 있었다. 엄마를 보자 꾹꾹 눌러놓았던 두려움이 눈물로 뿜어져 나왔다. 눈물이 정신없이 흘렀다. 그러자 엄마가 말했다.

"울지 마, 울면 힘 빠져서 안 돼. 그리고 얼굴에 힘주지 말고 배에 힘줘, 알았지? 대변볼 때처럼 힘주면 되는 거야. 내 딸 잘

할 수 있어, 힘내!"

엄마… 엄마….

갑자기 물이 터져 나왔다. 양수가 터졌다고 하는 소리가 들렸다. 이제 아기가 나올 거란다. 온몸이 부들부들 떨리면서 진통이 무섭게 시작되는데 정신이 하나도 없었다. 정말로 나는 대변을 볼 때처럼 힘을 줬다. 있는 힘껏!

신기하게도 아기가 나오는 느낌이 들었다. 선생님들이 뭐라고 하는 소리가 희미하게 들리고, 잠시 후 몽롱하게 아기 울음소리가 들렸다. 아기가 나온 것이다. 아기가… 빨간 핏덩이 같은 아기가….

아기 피부는 너무나 부드러웠다. 아기는 울지도 않았다. 눈만 끔뻑거리면서 나를 바라보더니 잠이 들었다.

몸도 채 추스르지 못한 채 나는 집으로 돌아왔고, 연휴가 끝나자마자 학교에 갔다. 얼마 동안 학원은 다니지 않았다. 표면상으로 나에게는 아무 일도 없었다. 정말이지, 아무 일도 없었던 것처럼 나는 공부를 해야 하는 일상으로 슬며시 들어가 앉았다.

하지만 내 몸 곳곳에는 오랫동안 흔적이 남아 있었다. 아기를 낳은 후 젖이 나왔다. 가슴이 퉁퉁 부어 손도 못 댈 만큼 아팠다. 아기가 먹어야 하는 젖이 내게는 말려야 하는 무용지물이 되다니…. 가끔 못 견디게 가슴이 아파왔다. 아기는 내게 그런 식으로나마 자기의 존재를 상기시키려 하나 보다.

아가, 미안하다. 이름조차 지어주지 못한 나의 아기… 눈도 제대로 마주칠 수 없었던 나의 아기… 하지만 난 널 잊기로 했다. 너도 나를 잊어주렴. 새로 만나는 좋은 부모님과 지금 그대로 맑게 자라주렴. 이 세상에 너를 내려놓고 다시 내 자리로 돌아온 나를 용서해 주렴….

• 글쓴이 | 윤상미(고1)

입양이라는 고통스러운 선택

어느 중년부인이 대한사회복지회 사무실을 찾아왔다. 이제 마흔 살이라는 그 부인은 선이 굵은 외모의 미인이었다. 옷차림을 봐도 여유 있는 집안의 교양 있는 부인으로 보였다. 하지만 얼굴에 어딘지 모를 깊은 그늘이 있었다. 하얀 피부 위로 내려앉은 표정은 어둡고 무거웠다.

그 부인과 마주 앉은 사회복지사는 난감한 표정을 짓고 있었다. 답해 줄 수 없는 질문을 해오는 부인을 대하자니 당황스러웠고, 그럴 수밖에 없는 부인의 마음이 애처로워서 더 난감했던 것이다.

부인은 열아홉 살 때, 한 남자의 아기를 낳았다고 한다. 사귀던 남자의 아기를 갖게 되었고, 어쩌지 못해 아기를 뱃속에 키우다 낳게 됐는데 키울 능력이 없어 입양을 보냈다고 한다. 그리고 20년이 지난 지금, 그때 입양을 보낸 그 아이의 행방을 알려달라고 애원하고 있는 것이다. 이제는 스무 살 청년이 되어 있을 그 아이를….

부인은 아기의 아빠였던 그 남자와 결혼을 했다고 한다. 두 사람은 경제적으로도 사회적으로도 어느 정도의 위치에 오를 만큼 성공을 거두었다. 그동안 두 아이의 부모가 되었으며, 아이들은 공부도 잘하고 착하게 자라주었다고 한다. 남들이 보면 부럽기만 한 조건의 부인에게는 한 가지 빠진 것이 있었다. 바로 웃음이었다.

20년 전 아기를 낳았지만 입양을 보낼 수밖에 없었을 때, 부인의 아기의 얼굴도 보지 못했다고 한다. 어른들이 극구 말렸기 때문이다. 아기 얼굴을 보면 미련이 남아서 안 된다며 뱃속에서 나오자마자 산모에게서 떼어놓았던 것이다. 그때 아기를 보지도 못하고 보낸 것이 지난 세월 동안 이 부인의 가슴에 한으로 남아 있었다고 한다. 한 번 안아보기라도 했더라면… 얼굴이라도 한 번 봤더라면….

눈길 한 번 주지 못하고 떠나보낸 그 아이가 불쌍해서, 그 아이에 대한 죄책감에 눌려 그 이후 한 번도 큰 소리 내어 웃어보지 못했다고 한다. 어디선가 불행한 삶을 살면서 자기를 버린 부모를 원망하고 있을지 모를 그 아이에게 미안해서 도저히 웃을 수가 없다고 했다. 또 지금 키우고 있는 두 아이에게도 애틋한 사랑의 표현조차 제대로 못했다고 한다. 단 한 번 안아주지도 못하고 입맞춰주지도 못한 그 아이에게 너무나 죄스러운 마음 때문에 말이다.

지난 20년 동안 그 부인은 마음속 감옥에 갇혀 살았다. 자신의 마음이 만든 감옥에 꽁꽁 갇혀서 날개 한 번 펴지 못하고 살았다. 그러다 두 아이가 어느 정도 자라 모든 것을 이해할 수 있을 만한 나이가 된 지금, 지난날 버린 첫 번째 아이를 되찾고 싶어 이곳을 찾은 것이다. 부인은 말했다. 그 아이가 원하지 않으면 만나지 않아도 좋으니 그냥 어떻게 살고 있는지, 고생은 안 하는지, 도움이 필요한 것은 아닌지, 힘들게 지내는 것은 아닌지나 알고 싶다고….

하지만 부인의 질문에는 아무런 답도 전달할 수 없었다. 국내로 입양돼 그 집안의 친자식으로 알고 살아가고 있다면, 굳이 사실을 알려 혼란스럽게 할 필요는 없지 않을까. 또 자신의 아이로 20년을 길러온 양부모에게도 큰 상처가 될 수 있지 않을까.

이런 가슴 아픈 이야기를 들었다. 사회복지사로 일하는 사촌언니를 통해서였다. 그 언니는 미혼모와 입양에 관련된 일들을 겪으면서 많은 이야기를 들려주었다. 심지어 직업병까지 생겼다고 했다. 지하철 계단을 오르다 배 부분이 두툼하게 튀어

나온 여학생을 보면 '혹시나' 하는 생각에 뒤쫓아가보기도 한
단다. 혹시 저 아이도 말 한마디 못한 채 고민하고 있는 미혼모
는 아닐까 하는 생각에 말이다. 그런 아이에게 조금이라도 일
찍 도움을 준다면 극단적인 선택들은 피할 수 있을 거라는 말
을 했다. 최소한 조금은 더 편안한 마음으로, 또 자신을 아끼는
마음으로 대처할 수 있을 거라고….

　그런데 특정한 대상이 없던 언니의 걱정에 내가 불쑥 끼어들
었다. 옆에서 늘 이야기를 들어왔던 내가 언니가 염려하던 바
로 그런 사람이 되었으니 말이다.

　오빠는 나보다 열 살이나 나이가 많다. 오빠를 만난 것은 내
가 고등학교를 다니고 있던 3년 전이었다. 내 친구 삼촌의 친
구였던 오빠와 나는 그 많은 나이를 뛰어넘고 연인이 되었다.
친오빠가 없어서인지 나는 오빠를 잘 따랐고, 오빠도 나이보다
조숙한 나를 여자로 받아들였다. 아버지의 사업 실패로 기울어
져가는 집안 분위기 때문에 방황하고 있을 때였다. 예민한 사
춘기에 집안 형편까지 어려워져 조금씩 어긋나기 시작하는 나
를 오빠는 정서적으로 많이 채워주었다.

　그리고 작년부터 우리는 함께 생활하기 시작했다. 결혼을 전
제로 한 것이지만, 오빠가 하는 일이 자리를 잡을 때까지 식은
미루기로 했다. 그러다 임신이 됐다.

어차피 결혼을 할 사이기 때문에 우리는 임신을 행복하게 맞았다. 정말 행복했다. 사랑하는 사람의 아이를 갖게 되었다는 것만으로도 나는 충만함을 느꼈다. 우리는 미래를 계획하며 들떠 있었다. 건강하게 아이를 낳아 잘 키워나갈 준비에 마음이 부풀어 있었다. 오빠는 가장으로서의 책임을 더 크게 느꼈던 것 같다. 일에 매달리는 시간도 더 많아졌다.

그런데 한 달 후, 끔찍한 일이 우리에게 일어났다. 오빠가 출근하던 길에 교통사고를 당했던 것이다. 오빠는 병원에 입원해 치료를 받기 시작했지만, 내 배는 점점 불러오고 아이를 낳을 날짜가 다가올 때까지 전혀 의식을 되찾지 못하고 있었다.

여전히 의식을 잃은 오빠를 병원에 두고, 나는 혼자서 아이를 낳아야 했다. 그리고 혼자서 아이를 키워야 하는 상황이었다. 엄마는 오래전부터 몸이 불편한지라 나와 아기에게 아무 도움을 주지 못했다. 오빠의 어머니는 이미 돌아가셨고⋯.

나는 기댈 곳을 찾아야 했고, 그때 언니를 통해 들어왔던 대한사회복지회에 도움을 청할 수밖에 없었다. 나는 눈물을 흠뻑 쏟으며 아기를 낳았다. 오빠를 많이 닮은 딸아이였다. 오빠의 분신과 같은 이 아이를 나는 키워야 한다. 하지만 현실은 나를 도와주지 않았다. 당장 분유값이나 기저귀값도 없는데, 그 돈을 마련할 일터로 나가자니 아기를 돌봐줄 사람이 없었다. 마치 세상이 벼랑 끝에서 내 등을 떠미는 것만 같았다.

사촌언니의 도움으로 일시 보호소에 우리 아가를 맡기기로 했다. 당분간만, 아주 잠깐만…. 내가 돈을 벌고 오빠가 퇴원할 때까지, 그 잠깐의 시간만….

오빠가 자리에서 일어나 우리 아가를 품에 안을 그날이 곧 올 것이라고 나는 굳게 믿는다. 그리고 내 힘으로 우리 아가를 다시 찾아올 그날이, 그리 오랜 시간 참아야 하는 날이 아닐 것 이라고 믿는다.

20년 동안 가슴에 한을 심으며 살아갔다는 그 중년부인의 이야기를 괜히 들었나 보다. 가슴이 너무나 아프다. 괜스레 내 이야기가 될 것 같은 불안한 마음이 엄습해 왔다. 하지만 나와 내 아기가 평생을 떨어져 가슴 아프게 사는 일은 결코 없을 것 이다. 오빠와 내가 사랑해서 낳은 우리 딸은 무슨 일이 있어도 내가 지켜낼 거다.

아가야, 조금만 기다려. 엄마랑 아빠가 곧 너를 데리러 갈게. 그리고 너를 향한 그리움은 꾹꾹 눌러놓았다가 그때 가서 다 쏟아줄게. 약속할게, 사랑하는 내 아가….

• 글쓴이 | 김윤주(20세)

별을 보내다

초판   1쇄 발행 2003년 7월 15일
개정1판 1쇄 발행 2009년 4월 20일
개정2판 1쇄 발행 2019년 6월 20일
        2쇄 발행 2020년 5월 12일
        3쇄 발행 2022년 6월 10일

엮은이 대한사회복지회

펴낸이 김제구
펴낸곳 리즈앤북
인쇄·제본 한영문화사

출판등록 제2002-000447호
주소 04029 서울시 마포구 잔다리로 77 대창빌딩 402호
전화 02-332-4037   팩스 02-332-4031
이메일 ries0730@naver.com

값은 뒤표지에 있습니다.
ISBN 979-11-90741-19-4 (03300)